海をわたる手紙

ノンフィクションの「身の内」

澤地久枝
ドウス昌代

海をわたる手紙

ノンフィクションの「身の内」

岩波書店

目次

装幀　安野光雅
（絵：「三島の海」）

第一信 オフ・リミット――一面の焼け跡から

ドウス昌代様

これは、東京からアメリカ西海岸に住むあなたへ、海をわたる便りの第一信になります。

二〇一五年は、敗戦から満七十年の節目の年。ポツダム宣言受諾の放送（玉音放送）があった一九四五年八月十五日、わたしは十四歳。当時の満州（中国東北部）吉林市で学徒動員中でした。北海道岩見沢に住むあなたは、もうすぐ七歳。小学校（当時は国民学校）の一年生になっていましたか。戦争の記憶がありますか。

おたがいにノンフィクションとよばれる分野で仕事をしてきて、ふりかえってみれば、ずいぶん重い人生を生きてきたのだと思います。

はじめに、改めて自己紹介めいた話を書きます。

満州から引き揚げて、一年余りを山口県の防府《ほうふ》で送ったあと、わが家は父につれられて上京しました。昭和二十二（一九四七）年夏です。

目にした東京原宿の風景は、大きな一枚の焼け跡というべく、焼けトタンのバラックが転々と並び、彩りのようにお蔵が残っていました。まったくの焼け野原でした。そのバラックの住いから、都電をつかって指ヶ谷《さしがや》駅までゆき、誠之《せいし》小学校へ歩いてゆくのがわたしの女学校生活でした。

ソ連参戦後、吉林高女は難民収容所になり、授業はなくなりました。ひとりにリュックサックひとつで日本へ帰ってきた親たちには、長女のわたしを女学校へもどすゆとりも、前途の目安もまったくなかったはずです。

父は防府で姉（伯母）の嫁ぎさきに落ちつくと、翌日から大工の仕事にもどりました。月給取りになるため満州へわたった父は、道具箱を調達してきて、建築事務所に所属する大工になったのです。

わが家は妹と弟をいれた五人。まず食べてゆかねばなりません。四十近い、学歴はない父には、日給が支払われる大工仕事しか道はなかったのだと思います。

山口県立防府高等女学校の三年（授業のない一年余の結果として、二度目の三年生です）に転入学した日、両親と妹たちが送ってきて、手続きを待つ間、校舎のまわりをめぐる澄んだ流れを見ていたのを思い出します。義務教育の六年しか出してもらえなかった親たちは、最初の子であるわたしを、どんなに苦労しても、女学校へ通わせたかったのです。わたしは家族の着たきりの服装、とくに母の、博多上陸時に無料配布されたブラウスが目にのこっています。臙脂《えんじ》の縞模様で、派手でした。

親の学歴をかくし、貧しさをかくす人生のはじまりでした。

日本のめぼしい街は、すべてアメリカの爆撃で焼け跡になっていて、一年余り暮した防府は、空襲を避け得た数すくない街だったとあとで知ります。

わたしは空襲を知りません。当時の報道管制のきびしさと、日本中、情報がゆきかうことのない状態によって、各自ばらばらの生活が、七十年前にはあったのです。

東京で本郷の誠之小学校へ通ったのは、やっと転入を許された都立向丘高等女学校には校舎がなく、誠之のいくつかの教室に間借りしていたからです。東京都は入市制限をしていて、一年間を防府で過ごしたわが家は、転入がむずかしかったようです。

引揚げてそのまま上京すれば、かつての東京在住者であり、問題はなかったのかもしれません。しかし、「東京は焼け野原という。上京など考えないで、ここで暮しなさい」と姉夫婦に言われ、父は防府に仮住いをして、大工に戻ったのです。

再会したときの「よく生きて帰ってきた」という感じは、一年もちませんでした。当然のことです。もらい火の火事で丸焼けになったあと、父たちは上京を考えます。さきだつ現金もなくて、親子五人の汽車賃のあてもないときの上京でした。

父と母は、夜がふけてくると、ひっそり外へ出てゆきます。そのまま一時間か二時間、帰ってきません。

母は義姉（わたしには伯母）から、「お前たち、毎晩なにをしておいでだね。へんなことはしないでおくれ」と言われています。

わたしたちは幾棟もつづくかつての寮の一室に暮していて、前の寮からの火が、渡り廊下を生きもののように伝わってくるのを目にしています。その火に焼かれ、のこっていた別の寮に移って暮していました。

親たちは一面の焼け跡から、ガラスと金属の破片をひろい集め、それを換金して上京資金をつくったのです。

ポツダム宣言によって、輸入がいっさいたたれ、国内の産業も廃墟になったままで、ガラス片や鉄片は貴重な資源として換金できた時代、それが昭和二十二年です。その生涯で、「廃品ひろい」を親たちがやったのは、このときだけです。なんとしても東京へ行こうと父と母が決意するなりゆきがあってのことですが、それは書きません。


日本へ帰って復学して、当惑したのは、英語の授業です。満州時代、数学に関数が入ってきたとき、アルファベットだけ教えられました。戦争中は一時間の授業も受けず、一年間の難民生活中も、誰からも教えられなかったのです。

冠詞や定冠詞をいちいち訳そうとして、困惑しました。教科書には、シェイクスピアの作品がのっていました。

向丘高女の教室は二階で、教室から指ヶ谷の町がよく見えます。焼けのこった一軒の家は二階家で、和服姿の女性が玄関の細い格子戸に雑巾をかけていました。つづく塀に白いペンキでOFF LIMITと書かれ、さらに大きくV・Dとありました。

わたしの「よそ見」を先生は気づかれたのでしょう。

英語の授業中です。先生は、OFF LIMITは「立入り禁止」であるといい、さらにV・Dはvenereal diseaseを意味するといいました。

「立入り禁止　性病」とはなんだ、とわたしは思いました。そういう看板をかかげた家で働くひとは差別されているのじゃないかと一瞬思ったことを忘れません。

「オフ・リミット」は、自分も拒絶されているという、いやな言葉になりました。

今度あなたのお仕事を読み返していて、あの言葉は上陸してくる連合軍兵士を性病から守るための、緊急発信であったことを知りました。おさないあなたは実体験できない時代の話ですね。

日本の「しろうと」の娘を守るため、連合軍進駐直前に「性的防波堤」がつくられ、その組織RAA（Recreation and Amusement Associationの略）は「くろうと」の女性を動員したこと、RAAは一九四九年五月、日本観光企業株式会社に名義を変えるまで持続したこと。

当時、一億円が投じられたという全国組織ができても、米軍将兵の性病の罹患は防げなくて、関係しそうな家々に、強制的にOFF LIMITの刻印を押した。日本人の自発的行為として。当時OFF LIMITの指示は、東京都内でたびたび目にしました。

日本軍が中国本土をはじめ、占領各地域で強姦事件を起こしていることは、連合軍上陸を目前にした日本の男性たちに、次になにが起きるかをつよく想起させたはずです。それにしても、と思います。RAAが「くろうと」の女性を中心に、占領軍対策をおこなったこと、日本の売春婦の性病罹患率は、梅毒五〇%、淋病七五%であり、「日本国民は花柳病殲滅に特に努力すべし」との覚書は、九月二十二日、占領軍当局の「公衆衛生対策に関する覚書」と並行して出されたことをあなたは書いています。

沖縄ではこの年、早くも七月四日、二人の米兵の前でジャック・W中尉が十六歳の娘を強姦して軍法会議にかけられ、「強制的除隊並びに以後軍からの年金手当の喪失」の判決が出たとあります。沖縄は米軍の占領下にあり、このときは、目撃した二人の米兵の証言が証拠になったのです。

ＲＡＡの組織が芸妓・娼婦・ダンサーなどから応募をつのって「受け入れ」を用意したとしても、強姦事件は占領軍兵士の意のままにおきています。

『敗者の贈物――国策慰安婦をめぐる占領下秘史』（一九七九年）は、あなたのはじめての雑誌連載でした。経験としては知らない時代を書く、調査とインタビューによる労作と思います。この作品を読み返してよび起こされたのが、わたしの戦後のヒトコマ、「オフ・リミット」でした。

かつての日本の軍事同盟国として、ドイツは四五年五月に無条件降伏し、ソ連と英米の占領軍によって、ドイツの女性は日本女性とおなじ体験を通っています。ドイツの場合、生活の困難によって、占領軍の「慰安婦」になった「しろうと」の女性が多いことをあなたは書いています。飢えからの自然発生的なものからはじまった売春、と。この事情は、日本にもあったと思います。

焼け跡で、生業いっさいを奪われ、ときに子どもや親をかかえ、生きてゆかねばならない窮地に立って、女たちに選べる道がほかにあったのか、と思います。

戦後、消息がたえ、アメリカにわたった友人がいます。もちろん彼女を慰安婦と呼ぶ気はありません。「慰安婦」とは、オフ・リミットとおなじように、なんとも人権蔑視の言葉と思っていますから。彼女の場合、恋をして、結婚した相手が、アメリカ人だったのです。敗者の贈物——それは、ＲＡＡに参加した男たちがささげた、生きた「贈物」と思います。

占領と女性。敗戦から一年前後の時間に、日本の女たちが直面した試練の厳しさをあなたは書いています。読んでいると、満州での敗戦をまざまざと思い出します。駐ソ連軍だけでなく、内戦中の蔣介石《しょうかいせき》軍も、吉林入城後に女狩りをしました。

満州在住で故国の敗戦に直面する日本人の運命といのちを、日本政府が顧慮した形跡はまったくありません。満蒙開拓団の多くの死は、予想されたはずなのです。

無為無策とは、当時の在満日本人をあらわし、抵抗手段をもたなかった人びとは、犠牲を奥歯でかみしめるように耐えたと思います。

国としての日本が、七十年前の八月十五日をさかいにして、忽然と消えたこと、国は、いかにあてにならないかを、十四歳で骨身にしみるように感じたところから、わたしの戦後ははじまったと思います。それにしても、「神風は吹かなかった」と思った敗戦までのわが「軍国少女」ぶりを、わたしはずっと恥じてきました。
オフ・リミットの表現に、あなたとわたし――とくにあなたが取り組んでこられた
仕事の重さを改めて感じます。
テーマはいつも、「立入り禁止」の領域にあったと思います。スタンフォード大学
教授ピーター・ドウスの妻として、また日本国籍を通す立場で、あなたの取り組んで
きたテーマは、常にオフ・リミットの世界でしたね。
あなたの最初の本『東京ローズ』（一九七七年）を読んで、テレビ朝日の「モーニン
グショー」への出演をすすめたのはわたしです。テレビ局のスタジオで、はじめて会
いました。一九七七年だったと思います。
戦争中の対米宣伝放送をおこなった複数の女性アナウンサー「東京ローズ」。その
汚名を一人で背負い、反逆罪に問われ、有罪になったアイバ・トグリの話です。
四年間かけたあなたの取材、法廷記録を読む作業に、圧倒される思いでした。はじ
めは拒絶したアイバを二年がかりで説得し、シカゴへ車を飛ばしてインタビューして、

あとは毎木曜日の夜十時半に電話することを約束して、疑問をといていったオーソドックスな手法に、感銘を受けました。

「反逆罪」で有罪とは、容易でないテーマです。それも冤罪であったときっぱりと書いています。禁錮十年半、罰金一万ドルの有罪判決のあと、アイバはアメリカ市民権を奪われ、無国籍であることも。刑務所生活六年二カ月のあと、釈放されたアイバが、人間不信のかたまりになっていたことも、裁判経過を読むとよくわかります。

『東京ローズ』は講談社出版文化賞ノンフィクション部門に選ばれ、その授賞式でわたしは長身のピーターさんに紹介されたのでした。ドウス教授はのちにわたしの恩人になる方ですが、どんな縁ができるのか、当時は予想もできないままでした。

あなたの仕事は、日本とアメリカの間で起きた事件を丁寧に追っています。その作業は、オフ・リミットの制止の向う側へ、肉薄してゆくものです。

一年間を予定するこの便りでは、あなたの作品を参考にしながら、「ノンフィクションについて」「取材」「国家機密」「老いと近づく死」などについて、思いきって書くつもり。日頃の腹ふくるる思いもね。

あなたからの便りが、わたしのつぎの便りを決めると思います。『東京ローズ』のまえがきであなたが書いた「毎月高額におよんだ長距離電話料を黙って支払い、四年間にわたって励ましつづけてくれた夫ピーター・ドウスに感謝する」の文章にしみじみ感動があります。

ピーターさんと一人息子エリックさん御一家の皆様によろしく。

二〇一四年十一月十四日

澤地久枝

第二信　「七歳」への取材——私の戦中とはなんだったか

澤地久枝様

私の第一作『東京ローズ』は一九七七年、東京で出版されました。「対敵宣伝放送のヒロインにされて反逆者の汚名に泣いた日系女性の悲憤の三十年」と編集者が表紙のオビに、長い一行でまとめた冤罪判決。それから三十一年をへて、刊行はアメリカ大統領特赦がでた時期とかさなります。もろもろの書評をえたなかで、つぎの一文は、いまなお私にとって、ノンフィクションの基本をたぐりよせるさいの、「先輩からの応援歌」となっています。

「日本語を母国語とする女性が、英文の法廷資料や新聞記事を執拗にフォローし、関係者の証言を求め、みずからの主観をおさえつつ、ひとつの主張をつよく打ち出していることに、爽やかな読後感があった。著者のつぎの課題は、資料をもとに状況をヴィジュアルに再現することであろうと思う。調べぬいて書く力ある女性ライターの誕生を、心から祝福したい」(「諸君!」一九七七年五月号)

この評者名が「澤地久枝」。いまから三十八年前です。澤地さんとの交友は、私のノンフィクション作家としての歳月を意味します。

澤地さんの第一作『妻たちの二・二六事件』(一九七二年)は、『東京ローズ』刊行の五年前でした。陸軍青年将校がおこした反乱を、裏面で苦悩する女性たちの視点から追った作品です。以後も「戦争へと至った昭和史の実相に迫るノンフィクションを著した業績」をたたえられ、二〇〇八年に朝日賞を受賞されています。

澤地さんの全作品をつらぬくモティベーションは、『東京ローズ』書評にも以下の言葉で明白です。

「いつの世にも、生贄《いけにえ》となるのは、その社会で余計者扱いされている〈弱者〉である。日系移民に対する根強い偏見と差別観とがなければ、魔女裁判は成立せず、今日までの抑圧と放置もなかった」

お目にかかったのは書評がでてまもなく、澤地さんがコメンテイターをつとめたテレビ朝日のニュース番組でのことです。しかし澤地さんとの交流は急速に深まったわけではありませんでした。

私たち一家の生活パターンは、近代日本史の学究である夫ピーターの研究にそって、約三年ごとに一年、東京住まいでした。その仮住まいの一年間をとおして、澤地さんとは会えば「ご飯を食べる間柄」へとつづいてきます。

ともにアルコール類はだめですが、そのとき何を食べたいかという趣向では、すばやく意見が一致しました。私がうれしかったのは、旬の野菜をメインとする澤地さんの「おふくろの味」。それを味わいながら、アメリカと日本という異文化を行き来する私は、いつもおしゃべりとはいささか異なる、重い問いをぶつけていたのですね。

総合雑誌の編集次長をつとめた経歴の澤地さんに、私は日本の出版界でおのれの流儀をつらぬくありかたをたしかめていた。自分の責任でほりおこした取材証言を盗作されたときにはじまり、澤地さんはつねに信念にもとづく、明晰な答えをかえしてくれました。

第一信の書き出しで、澤地さんは次のように切りだしています。

「二〇一五年は、敗戦から満七十年の節目の年。ポツダム宣言受諾の放送があった一九四五年八月十五日、わたしは十四歳。当時の満州吉林市で学徒動員中でした」

そして、私に問いかける。

「北海道岩見沢に住むあなたは、もうすぐ七歳。小学校の一年生になっていましたか。戦争の記憶がありますか」

私はこれまで、個々のテーマのもと、取材の機会をあたえてくれた人々の自分史を、時代の軸につきあわせる作業をしてきました。そのノンフィクションの底の深さをわかちあえる、澤地さんは唯一の友人でした。

でも個人的な話は、ほとんどおしゃべりの対象になってこなかった。太平洋を行き来する暮らしで、時間につねに追いまわされているうえ、私にとって自分に関するおしゃべりは、たんに必要性がひくいといえるのかも。とはいえ、「戦争の記憶がありますか」。

　歴史の流れのなかで、八歳異なる体験がいかなるギャップをうむか。そもそも私の「戦中」とはなにか。自分の知らない自分のこと。だからこそ、気にはなります。書斎の仕事机に常時おいてある「昭和史年表」を手元にひきよせ、「北海道生まれの戦中、戦後」を、自分に問いかけています。


　澤地さんは「軍人の政治介入が露骨に」と年表で形容された一九三〇年生まれ、一家で満州へ渡ったのは四歳のとき。

　それから四年後の一九三八年、私は、国から特別豪雪地帯の指定をうける北海道空知郡岩見沢市に生まれています。同市は札幌から北へ、汽車で一時間弱。周辺の炭鉱にくわえ、空知平野の農業をもとりしきる、国・道の出先官庁としての、しかし小さい町でした。

　この故郷で私がはじめての誕生日をむかえる一週間前のこと、ヨーロッパではすでに第二次世界大戦が開始しています。真珠湾奇襲攻撃にはじまる日米開戦は三歳のとき。日本が周辺アジア諸国をまきこみ、日米戦争への地雷を踏む過程が、私の七歳までのバックグラウンドです。

ちなみに満州、北海道と異なる土地で育っても、日本本土を「内地」とよぶことにおいて、澤地さんと私の育ちは交差しています。わたしたちは、「外地」の子でした。

幼いころの写真のなかに、短いおかっぱ頭の私が、日の丸の国旗を手にした一枚があります。アルバムからはずしてみると、裏に「昭和十八年三月二十五日」の日付。異母兄弟の兄が入営のため、樺太の連隊配属で発つ前日、父方の伯父伯母たちも顔をそろえています。四歳半の私は、父母のあいだに正座し、家族そろったのがただうれしそうな幼児です。

昭和二十(一九四五)年四月、私は岩見沢小学校へ入学。校庭には柴をせおい、あるきながら本を読む二宮尊徳さんの銅像がたっていました。貧農の孤児が勤勉さひとすじでやがて武士にとりたてられる、大日本帝国の模範少年の物語。それを教科書で学ぶ時間があったのでしょうか。

小学校入学から敗戦までのその後の四カ月、教科書でなにを学んだか、記憶がありません。おぼえているのは防空頭巾をかぶって、年長組に手をひかれ、学校のまえを流れる石狩川支流の土手に身をふせる空襲避難の練習です。

防空壕は、自宅にはありませんでした。母親の声で何回か、二歳下の弟と防空壕がわりに、押し入れの布団の間に身をかくしました。と書きとめたあと、母の手紙を思い出しました。

百歳の天寿をまっとうするまで日記をかかさず、記憶がよかった母に、「岩見沢の終戦」をアメリカからピーターが問い合わせたことがあったのです。

以下は母の返答です。

「昭和二十年七月ころから戦闘機が日高沖エリモ方面から度々飛来、その都度、子供を先に押入れに。岩見沢駅操車場は道内一の重要地で、室蘭、根室、釧路の敵艦から飛来した艦上機から岩見沢の操車場に発砲あり」

ご近所で防空壕をつくりはじめたのは、終戦間近になってからです。わが家でも七月末に、コンクリートの風呂桶ブロックを、裏庭にうめただけの防空壕ができます。しかし地下水がもれる、この薄暗い壕で、敗戦までの一カ月をしのいだおぼえはありません。敵機襲来で飛びこんだのはその後も、布団のなかでした。

母の手紙で意外だったのは、戦中の食糧難についての記述です。空知平野にかこまれて、岩見沢では食糧不足はさけられたと私は思っていました。実際は、開戦であらゆる物資が統制配給となり、また男性はつぎつぎと兵隊にとられて労働力が不足という状況下、終戦の年、北海道は大凶作で、「食べるものに本当に困った」。いも、南瓜《かぼちゃ》、澱粉のしぼり滓《かす》、とうきびを一升瓶に入れて、白くなるまで細い棒でつつく毎日だったと、代用食のつくり方もつづられています。

母の日記によれば、北海道の戦中は、私にとってこの程度のものだったのです。北海道には街並みを火の海と化す、内地のような焼夷弾による大空襲はありませんでした。「空襲体験を知りません」は、「外地の子」とともに、澤地さんと私のもうひとつの共通点です。

母はその後の出来事に関しては、「終戦」と記しています。「敗戦」とつづられているのは七十年まえの、一九四五年八月十五日だけです。

「天皇の玉音放送を聞く日は天気でした。茶の間のラジオで十一時すぎから座ったり立ったり落ち着かず、いよいよ放送を聞いては胸がいっぱいで残念やら悲しいやら力がぬけてただぼんやりして、これからどうなるのか考えも想像もせずでした」

母によると、町内会長をしていた父は「玉音放送のあと、町はずれに川魚釣りにでかけた。やっぱりただバカくさくて、やりきれなかったのですと。一人で川に向かっていたが魚が一匹もかからず、ぼんやりしていた。他に釣人はいなくて、夕方に通りかかった人が『おじさん、何してるの、早く家に帰らなきゃ、小樽にソ連が上陸して、もう岩見沢に入っているかも』というのを聞いてびっくり家に帰った」

「女の子は内地に逃がさなきゃとか、終戦直後に出た話です。ソ連に占領されたとは、日本が満洲で度々残虐をやってきたからで、敗戦すればそうなるだろうと予想してデマが流れたらしい。北海道をソ連が取るとは当然の噂だった」

終戦の翌日、ソ連のスターリンは地図に線をひき、アメリカのトルーマン大統領に、北海道の半分を要求した。トルーマンはそれを拒絶した。とはのちに伝わった話です。

敗戦時、周辺を炭鉱にかこまれた岩見沢でおきた事件は、過酷な地下労働を長年しいられてきた中国や朝鮮半島からの徴用労働者が、自由の身になったときです。父の友人だった警察部長の話として、日本列島を南へと故国をめざすかれらが、最初の町・岩見沢に入った様子を母は記しています。

「日本人はなんでもタダで出せ。日本人は俺の国に来てまだまだ悪いことをしたと言ったそうです。夕張、三笠、幌内などの炭鉱からトラックで乗り込み、岩見沢駅前で民間警備隊と乱闘になった。この集団が入るときは消防署の大サイレンが鳴りわたった」

町の自慢だった望楼が空高くそびえる消防署は、わが家とは国道をはさんで真向いに位置しました。敗戦直後に町中に鳴りひびいたこの非常警戒の音に耳をふさぎ、布団のなかにまたも頭をうずめた思い出がよみがえります。

マッカーサー元帥の進駐軍が昼夜を通して北海道に進駐したとき、「猫の子一匹も外出ならん、撃ち殺される」、という通達がまわったと伝わっています。

岩見沢では、米軍はジープをつらねて町へはいると、消防署のまえで車を停めました。消防署のなかにはいってゆき、コーヒーや砂糖をおいていったそうです。はじめこそ遠まきにしていた近所の子供たちにはチューインガムをあたえています。

わが家では家中の鍵をしめて、二階にあがり、息をひそめていました。とはいえ私と弟は、家の外の騒ぎをカーテンの隙間からのぞこうとして父に怒られました。

敗戦後のいつから学校が再開したか、たしかな記憶はありません。二学期がはじまったときには、二宮尊徳さんの銅像は校庭から撤去されていました。公職追放令で教育者も対象とされたとき、校長をはじめ、いく人かの教師が姿をけしました。担任は朝鮮から引き揚げてきた、まだ二十代の青年教師にかわっていました。

それまでの教科書がどこかへ消え、黒板に書くチョークも不足がちのとき、教室にのこされていたのは小さなオルガンだけでした。元気な兄さん先生の声にあわせて毎朝と終業時に、クラスのみんなで声をあわせた唱歌の合唱！

「くらい土のなかから　あたまだした竹の子！」

オルガン伴奏は何度もくりかえされ、そのたびに元気がみなぎる歌でした。

「少年よ、大志を抱け！　Boys, be ambitious」

明治期に札幌農学校（現・北海道大学）で農業教育の教鞭をとったアメリカ人ウィリアム・クラーク博士が、帰国時に北海道の若者にのこしたこの言葉。それを教えてくれたのも、小学六年生の卒業まで担任だった兄さん先生です。

「少年よ！」は、「少女よ！」という呼びかけでもある。先生に聞くまでもなく納得しています。冬学期、昼休み時間の陣取り雪合戦で、男の子に負けじと、雪玉を命中させていました。

澤地さんは、「はじめに自己紹介めいた話を」という言葉で、この「海をわたる手紙」の企画をためらう私に、「戦後」というカテゴリーも用意していたのですね。

「国としての日本が、七十年前の八月十五日をさかいにして、忽然と消えたこと、国は、いかにあてにならないかを、十四歳で骨身にしみるように感じたところから、わたしの戦後ははじまった」

とする元軍国少女は、復学した英語のクラスで、そのころ東京の街で目についた英語「OFF LIMIT オフ・リミット」の意味を知った。「立ち入り禁止」、というその訳語に、「そういう看板をかかげた家で働くひとは差別されているのじゃないかと一瞬思ったことを忘れません」。それは「自分も拒絶されているという、いやな言葉になりました」と記している。

十四歳で、一方的な拒否の言葉として教えられた「オフ・リミット」。

しかし「limit」という単語には、「オフ・リミット」と同じくらい、よく使われる他の言い回しが一方にあります。「ノー・リミット」というイディオム、つまり慣用句です。

「バリヤなし」「制限なし」という意味は、むろん後ろ向きの使い方もできます。しかし、希望と自由を示唆する「ノー・リミット」では、胸おどる無制限の可能性さえみえてきます。女性参政権をはじめとし、占領軍が実現させた、かずかずの民主化指令には、「ノー・リミット」の希望がいまもつづいています。

「戦争の記憶がありますか」

とあらためて質問をうけたら、今度は、お答えできそうです。

「私の人生のたしかな記憶は、北海道でむかえた、七歳の終戦からはじまります」、
と。

二〇一四年十二月十日

ドウス昌代

第三信　沈黙の日々――死の横を通り過ぎて

昌代様

暮れから風邪をひきました。無理のツケが一度に来たみたいで、そろそろ二十日になります。

明日一月十七日は、「女の平和」のアピールで、国会までゆきます。女性たちが赤いものを身に付けて、安倍内閣に対する反対意志を表明するものです。わたしは途中から呼びかけ人の一人になりました。

赤いダッフルコートを買いました。今夜は、その前夜というわけです。

「たしかな記憶は、北海道でむかえた、七歳の終戦から」というあなたの便りの結び。あなたのお母様が百歳という長い人生で日記をつけておられたと知って、思うことが多くありました。今日はそれを書きます。

わたしは、四歳の渡満以前に親には言えないとひそかに思っていた記憶があります。昭和十(一九三五)年、先行した父のあとを追って、祖母、母、わたしの三人が満州の首都新京(現・長春)へ行きました。そして敗戦の翌年夏、山口県へ引き揚げてきたわけです。

昭和十二(一九三七)年四月、室町小学校へ入学、この翌年、あなたは生れたという時間の順序です。よくあなたに「姉」と言われるけれど、あなたは「妹」ですね。

父は満鉄の入社試験に受かって、翌年吉林へ移り、わたしは転校してバスで通学しました。受持ちの先生のすぐ前に座って、「これが無邪気」という笑顔のわたしがいます。一年生の修業記念の写真で、髪はバサバサ、はいているレギンスの右膝は穴をかがっているのがよくわかります。

天真爛漫の小学生時代に、人生の逆転があったとわたしはずっと思っています。嘘をつくことを覚えたのです。

満州からの引揚者のほとんどは、日本上陸以前の記録をもちません。敗戦の一年後に、引揚げが具体的な日程ではじまりますが、「当局」からいっさいの記録の所持を禁止する命令がでます。風景や軍人の入った写真も禁じられて、「記録なし」の日々が生れます。わたしはわが家の検察官めいて、禁止にふれないように持ち物のチェックをしています。「当局」とはなんであったのか。日本人会の世話役あたりの配慮じゃないかと今では思いますが、それでも引揚げ列車の進行途中、何度も所持品検査と称する停車はありました。

リュックサックの底に、母がわたしの通信簿をひそませていたことを、長らく知らずにいました。五年生のとき、親たちにあてて書かれた「性行概評」があり、生徒には読めない前提の達者な文字があります。

小学校四年の途中から、教室の居心地が悪くなったと感じていました。五年生の一学期に、それがチビのわたしの思い過ごしではなかった証しのような文章があります。一学期「正義感強ク迫力アル感情家ナリ。猜疑心強キガ最大ナル缺」。

ふりがなつきの大人の本をよく読んでいたから、これはわたしにも読めたのです。

親から叱られました。四年から担当した教師に、感じるままの言葉をぶつけてきたことへの回答です。わたしは、自分を変えなければならないと感じました。これが「逆転」です。

二学期「思慮分別発達ス。自信家ナリ。缺点ヲ自制シ、努力シツツアルヲ認ム」。真夏には木綿のパンツ一枚で外遊びをし、日に焼けた私が、缺点を自制したでしょうか。「猜疑心」と書かれて、わたしは自分をかくすことを覚えました。十歳の子の二重人格です。そして六年生。

一学期「博覧強記。分別アリ感激性強シ。コレガ性格ノ長短トナル」。二学期「近頃頓《とみ》ニ生一本ナル強キ性格ヲ自制、沈思思索的ニ向キツツアリ」。三学期「情熱溢レテ良キモ言行一致ナラン事ヲ望ム。行動謙遜ヲ持スルモ、己レヲ余リニ卑下スル事ナカレ」。

昭和十八（一九四三）年三月、三学期が終って卒業です。小学生のチビと向き合った先生の本気と、自分をかくしつつもてあましていたわたしの混乱。猜疑心云々で傷つき、己の棘《とげ》はかくそうとしたおさないわたしが、古びた通信簿からよみがえってきました。

わたしは五年生の夏に変ったのです。「偽った自分」の記憶はありますが、この「性行概評」は「子どもの記録」として、とても重要と思っています。

子どもの心の深淵をのぞいてみることはできません。しかし、子どもたちはそれぞれにかくれた個性をもち、おとなに対してはこころをひらかない領域のあることを、わたしたちは知ったほうがいい。

一九六三年一月深夜、出張校正中の印刷会社の構内で失神し、ひどい心臓喘息に苦しんで、わたしの編集者生活は終ります。心臓手術を受けて、三年ほどで再発していたのです。ぜいぜいという喘鳴《ぜんめい》のとぎれることのない生活になりました。

わたしたちの父は引揚げ後、沖縄や九州に働きにゆき、九州大学医学部で「家族のいる東京に帰りなさい」と忠告されています。手おくれの胃ガンでした。病名はかくすように医師に言われました。そういう時代でした。二度の手術のあと、一九五六年、五十一歳で亡くなります。

最後の病状になり、痛みどめの注射もきかなくなって目に見えて痩せてゆく父の寝顔に、わたしは誓ったのです。「お父さん、本当のことを言わなくて、ごめんなさい。もしものことが起きても、あとのことは、わたしが引きうけます」と。

父の死から七年。編集者であることに人生のすべてを賭けているような日々、そして退職。つぎになにをするのか、なにも答えはなくて、退職願を速達で送った解放感だけが忘れられません。退職直後に、人間は信頼できないと思う経験をし、死にたいと思いながら、父との約束を破ることを自分に許せなかった長女のわたしがいます。もう半世紀以上前のことです。

編集者生活を、作家になるための助走と考えていた何人もの同僚がいます。作家になった人たちもいます。わたしにはそういう志も願いも皆無でした。

あなたがもの書きとしての人生を考えられたのは、渡米以後のことですか。わたしが退職した一九六三年、ジョン・F・ケネディ大統領暗殺事件があり、その一カ月後、あなたはアメリカへ行った。

わたしは「退職」という一種の引退をし、あなたは同じ年に、アメリカでの生活に賭けたと言っていいでしょうか。こういうすれ違いがあるのですね。

一九六四年、ピーターさんと結婚ということは、去年が五十年の記念の年、金婚式だったのですね。お祝いもしないで失礼しました。


五十年の歳月は、すさまじいと思います。わたしは退職の年、五味川純平さんの長編『戦争と人間』(一九六五―八二年)の助手にひろわれて、九年を過ごしています。

「自分でえらんだことではないが、一匹狼のような存在になった。助手になれば、あなたも同じ扱いを受けるだろう。それに耐えてゆけるか」と問われたとき、なんでそんなことを確認されるのかと思った。すでにもとの職場の人びとや、寄稿家たちすべての前から姿を消し、離婚した結婚相手の名前も旧姓にもどして、狼とはいわなくても、心に格子を組むように「過去」をふりかえらない人間になっていましたから。

五味川さんの構想は、昭和史を小説で書くというたいへんな仕事です。編集者というのは、どんなに優秀な人でも、一分野の専門家ということはない。万般にわたる敏感な神経、好奇心、そして行動力を問われます。編集者としてのわたしは、どうだったか……。

歴史はいわば未知の世界でした。昭和という同時代史を、社会事件、政治、経済、流行、世界との関係という具合に、すべてを調べる必要がありました。

編集者としての感性は、資料探しや、当事者の証言を直接得る方向で役に立ちました。しかし、あの勉強はすさまじかったと思います。途中から、名前を出さないで巻末註を書いてもいます。

五味川さんは、小説家として桁はずれの才能をもつ人でした。実在の人物と事件に何百人という創造した人間たちを配し、日本本土と中国、とくに満州を舞台に物語を展開しています。読みものとして、きわめて面白いものを書く才能でもあります。

無名であることにわたしは馴れました。知られない存在で仕事をすることを、秘かに誇っていたところもあります。

昭和史をさかのぼる第一の資料は、新聞の縮刷版です。はじめは国会図書館へ通い、古書市へ通ううちに、昭和の二十余年分の縮刷版（いまの「朝日」と「毎日」）のほとんどを入手しました。一冊が二〜三百円、ラーメン一杯の値段です。

拡大鏡を使ってその全ページを読み、五味川さんの参考になりそうな記事を書きうつす。寝るのは午前三時過ぎの毎日がつづきました。

これがいわばベーシックな作業で、太平洋戦争史や個人のメモワールを探し出し、おなじようにルーズリーフに書いてゆきます。一人の記録から、おなじ事件の関係者へとつながってゆく。当時、有名軍人たちの多くは存命でした。

一九六九年六月、わたしは二度目の心臓手術を受けています。六時間のオペのあと、ＩＣＵ（集中治療室）に立ち寄った印象を、「あれは、野戦病院だった」と五味川さんが語ったことがあります。ひどい嵐の日で、母たちも五味川さんも、わたしが死んだと思って廊下に座っていたそうです。二度目のオペということは、膜と膜がくっついていて、それをひきはがして心臓を出すのに予想以上の時間がかかったらしいです。

インターンとして開いた左胸の肋骨を押さえていた若い久米弘洋先生は、手が震えてきていた。榊原仟《しげる》先生から「しっかり持って」と声をかけられたそうです。この日、肋骨が一本折れています。久米先生は一般外科の志望だったのが、心臓外科へゆくと決められました。東京で病院づとめをしたあと、夫人の郷里で診療所を開き、その地方の市へ講演に行ったとき、二人の息子さんを連れて会いに来てくれました。まだ五十代で亡くなっています。病名はガンです。榊原先生も七十歳を前に、ガンで亡くなられました。

百日を超える入院生活中、四人部屋で一緒だった人たちがいます。わたしより若かった人が、結婚後間もなく亡くなるなど、わたしは縁のあった多くの人たちの死の横を通り過ぎて生きてきました。

一九七二年に最初の本『妻たちの二・二六事件』が出版され、四月十五日、記念の会が開かれました。過去を封印して生きてきて、私には気の重い会でした。

水上勉、瀬戸内晴美、暉峻《てるおか》康隆、五味川純平、嶋中鵬二、扇谷正造、元陸軍中将遠藤三郎、仏心会代表河野司、さらにもとの職場の友人たちが祝ってくれたのです。

仏心会は、二・二六事件に連座し、反逆罪で銃殺（自決二名）された男たちの遺族の会です。

この日、わたしが四十年を超えるもの書きの人生を生きると考えた人はないと思います。わたしは助手の仕事をつづけていて、生きて『戦争と人間』の完結を見ることはない、とひそかに思っていました。新聞社のインタビューにこたえて、助手生活をつづける意志を語ってもいます。

『戦争と人間』が山本薩夫監督によって映画化されることになり、新しい人間関係のなかでわたしは試されてゆきます。たとえば昭和六（一九三一）年九月十八日の奉天郊外柳条湖の鉄路爆破陰謀。やったのは関東軍と中央三宅坂（陸軍省と参謀本部があった）の合意のもと、軍人たちです。

爆破と同時に張学良軍営から応戦があると予想し、これで満州事変のきっかけをつかもうという計画。このことはいまではよく知られています。爆発後に満鉄の列車が通過しています。鉄道を破壊すれば、このあと満州を北上する日本軍兵士や糧秣《りょうまつ》など、輸送に支障を来します。爆破と呼べるほどのものはないのです。

しかし早朝の山本監督の電話は、通過した列車が傾いてはいけないかという質問でした。わたしは史料公証として名前だけ字幕に出ています。それで質問を受けたのですが、爆破の実態を勝手に絵にしてはならないと思っていました。こういうことが、五味川さんとの間に微妙な空気を作って行ったと思います。この頃、出版記念会の直後に母が脳出血で倒れ、意識不明のまま四月十九日に亡くなります。六十四歳でした。

五味川夫妻の、映画の続篇にロケ地としてソ連領を使うことの応諾を求めるソ連旅行があり、わたしも向田邦子さんとペルー、カリブ諸国、ヨーロッパへ旅をしています。

七三年、助手生活は終ります。これは五味川さんの意志ですが、一人暮しになった女助手への夫人の配慮が大きな理由と思っています。一冊の本を書いたことで、テレビ出演や書評の注文がすこしずつありましたが、助手でない自分の人生設計はまったくありませんでした。

九年越しの助手生活に区切りをつけ、フリーとして生きてゆく。どちらを向いて歩いてゆくのか、自分でもわからないまま、満州の「匪賊」襲撃事件の新聞記事を書きうつしに国会図書館に通いました。

『満洲共産匪の研究』（一九三七年）という満州国軍政部が出した資料があり、五味川さんとわたしはこの本で「匪賊」と呼ばれたのが「反満抗日武装ゲリラ」であったことを知ります。

一九四〇年二月、三十五歳になる誕生日の直前、ただ一人で二万人の日満軍の包囲下で射殺された楊靖宇《ようせいう》のことは、『戦争と人間』に書かれています。のちにわたしは一九八一年、楊靖宇が射殺された靖宇鎮までゆき、現場に立って『もうひとつの満洲』(一九八二年)を書いています。新聞記事を読みつづけていたときには、そういう日が来るとは思いませんでした。

退職金をもとに、二階をすべて貸間にする家を建てていました。わたしは大家さんでしたから、収入の心配はしていません。

当時、一九七二年五月十五日の沖縄本土復帰にからみ、日米政府の密約が問題になっていました。基地復元の四百万ドルの米軍政府の未払い金を、日本政府が肩代わりし、国内では完全に秘匿した佐藤栄作内閣の「密約」です。

国家が有権者に嘘をつく。沖縄は基地ぐるみでアメリカに買われた。その秘密外交文書を持ち出した外務省事務官と毎日新聞政治部記者。「知る権利」を守るべく、さかんに市民集会がひらかれますが、局面が一変しました。

検察官の告発状は「ひそかに情を通じ」云々と、男と女の関係に問題をすりかえるきたないものです。

主権者の側は、このすりかえに鈍かった。まんまとはまったと思い、民事か刑事かの区別も知らないまま、ふらりと東京地裁の公判へいったのが『密約――外務省機密漏洩事件』(一九七四年)を書くきっかけになります。

それは現在も資料請求裁判の元原告(最高裁で原告側敗訴)として、わたしの仕事の一部です。この本が助手の仕事をはなれて、フリーのライターとしての最初の本です。そして四十余年という長い時間、ノンフィクションの書き手としてのわたしの出発点になったという次第です。


一月十七日の会は赤い色が国会を遠巻きにして、盛会。わたしは二重三重の列を確認しに急いで一周したものの、疲れて原稿はかけない有様です。

ではね。

二〇一五年一月十八日　久枝

第四信 「アメリカを見てやろう」

澤地様

「「女の平和」のアピールで、国会までゆきます」とお便りをいただきました。女性たちが赤いものを身に付けてのデモであるとの説明のあと、「赤いダッフルコートを買いました」と書き足されています。

アクティビストとしての集会でも和服姿でしられる澤地さんが、今回は、学生の服ともいえるコートでデモ参加というのです。すぐのぞいたネットの報道には、あざやかな「赤」がよく似合う写真が載っていました。

平和デモとは無関係な過去の出来事へと私の思いが翔けたのは、「赤」のマジックでした。

ここからは、いまで五十一年まえ、アメリカ東部の真冬の寒さに耐えかねて買いもとめた、私の「赤いローデンコート」の話です。

日本へはイギリス海軍将兵の軍服「ダッフルコート」の名で紹介された七分丈コートは、もともとはオーストリアの狩猟用コートです。起毛仕上げのメルトン地を織ったチロル地方の名前から、正式には「ローデンコート」と呼ばれます。

渡米してはじめての買い物となる私の「赤いコート」は、ハーヴァード大学の生協で購入したものです。いまも納戸に保管されているそれは、前面に鹿の角のボタンが並び、裏地にはドイツのミュンヘンの製品タグが縫いつけられています。

税込で三十ドルしたでしょうか。アメリカの学生には手ごろな値段でしたが、一ドルが三百六十五円だったとき、私には覚悟の買い物でした。

ネット動画の澤地さんは、色も形も私の「ローデン」にそっくりな「赤のダッフルコート」姿で、少女のときにかいくぐった戦争の恐ろしさを、「女の平和」デモに参加したもろもろの世代の日本女性に訴えかけていました。

私の人生の選択には、母はむろん、父の生き方も深くかかわっている。そう気付いたのは、明治から大正、昭和へと生きた二人が墓へ入ったあとです。

父の実家は薬種商でしられる富山です。跡取りだった祖父が早く亡くなり、叔父の代になると、十代の父は一組の布団を背負って大阪にでて、市内電車の運転手をしながら、薬専で薬剤師の資格をとり、同じ故郷からの親友の妹と結婚。しかしその妻は、私の異母兄にあたる三歳の長男をのこして病死。父は男手ひとつでその子が育てられず、北海道旭川へと渡ります。馬橇製造で成功した従兄弟と結婚した妹がこの地に暮らしていました。

というわけで私が顔をおぼえているのは母方の祖父母のほうだけです。空知郡管内の駅長だった祖父は金沢出身。祖母は子供のころに親に連れられ、北海道開拓団の一員として故郷の滋賀県長浜をでています。家系図でいくと母は、一族で最初の道産子です。

つまり父母のどちら側をみても、わが家は故郷を出た人々から立ちあがっています。のちに私が、アメリカへ渡った日本人移民へ関心をいだいた最初の一歩は、ここらにあるといえます。ノンフィクションへと導かれる糸のさきがみえますか。

澤地さんは先月の第三便を、「沈黙の日々」と題しておられます。雑誌の編集次長をへて退職した「一九六三年」。その歳月をたぐりよせながら、自分の名前でノンフィクションへの一歩を踏み出す十余年の「沈黙の日々」。

八歳年下の私にとっても、「一九六三年」は節目の年といえそうです。澤地さんとは逆に、渡米を決行するまでの、十代の歳月の橋渡しとしてです。

米兵の姿を岩見沢でみたのは敗戦直後、消防署のまえでジープが一時停車したときだけです。空襲を逃れた町には、戦時を思い出させるものはなにもありません。だからこそ、戦後は、「アメリカニズム」への傾倒がより強かったのかもしれません。

「アメリカ映画の封切をたくさん見て外の世界にあこがれ、学校では男女同権なんて言って育った戦後の第一世代」

敗戦の翌年に生まれた末弟は、八歳年上だった姉、つまり私の世代をこのように記憶しているそうです。

「家にはクリスマスツリーが飾られ、隣の借家にパン屋が出現、ディズニーの『ドナルドダックの南米旅行』の本に感激していた」なども。

『ドナルドダックの南米旅行』は戦後五年目の一九五〇年、私が小学五年のころの日付で毎日新聞社からの出版です。商用で札幌へでた帰りに父が札幌丸善で、私ではなく、二つ年下のもう一人の弟へ買ってきた本でした。

チビの末弟も加わり、三つ巴《どもえ》で読書権を主張した思い出の一冊は、アヒルのドナルドがインカ遺跡をはじめとする各地で、現地民と友情を交わしながら南米を一周する物語です。皮膚の色をこえて世界へ橋渡しする友情の輪。筋の面白さとあたたかさに加え、全ページがディズニーの「総天然色」挿絵付きで、夢にあふれた傑作でした。

私は読書の楽しみを、ドナルドとの旅を通して開花させたといえます。

市内には戦後の復活を目のあたりにするように年々豊かになる市場の隅に、静かな人柄のおじさんがひとり店番をする小さな本屋がありました。そこでヘルマン・ヘッセの詩文にはじまり、心惹かれる多彩な欧米文学に出会いました。日本文学には関心がもてませんでした。入り組んだ家庭事情からの逃避にはならなかった。

町には、本屋がある市場からすぐの場所に、邦画館と洋画館がありました。そのうちの邦画館のほうで映画をみた覚えはありません。洋画館へは母に連れられ、二人の弟もお供をしてよく出入りしました。

覚えている映画の大半は母が好きだったチャップリンの映画です。「喜劇王」の異名をとった彼の代表作『街の灯』『黄金狂時代』『独裁者』、そして『モダン・タイムス』など。しかし日本人ほどの小柄な体に山高帽をかぶり、大きな靴でアヒルのように歩く、ちょび髭のコメディアンが、私には、なにやら怖かった。

「鳥は卵から出るために自らの嘴《くちばし》で殻を破らなくてはならない」

ヘッセのこの格言は、ドイツ語の訳文そのものではなく、高校生だった私がその意味を把握したいと、我流にまとめた言葉です。高校時代を通して、学習机の目の前に貼っていました。

北海道の田舎の高校から、四年制大学を目指す学生が男子でも数少なかったとき、私は同期の中で唯一の女子「挑戦者」でした。父も母も、娘が「自活できる女」になることを当然のこととして、信じていました。

受験時に提出するため胸部レントゲン写真をとるように教師から指示されたのは、試験がせまった年明けです。結果として手渡された大判のレントゲン写真には、肺門に小さいながら、影がでていました。

マッカーサー率いる連合国軍総司令部が日本での第一歩から恐れたのは、結核が進駐軍将兵に伝染することでした。大量の結核特効薬ストレプトマイシンが占領時にもちこまれ、多くの日本人患者を救いました。とはいえ結核はその後も、日本人の国民病といわれ、私は北海道中央労災病院に隔離入院させられました。

町はずれに二年ほど前に建った労災病院は、まっ白に塗られたコンクリートの六階建てで、その主要病棟から離れた一角に、私が収容された四人部屋がありました。主婦と、樺太からの引揚者である小学教師の姉妹が、高校生の私のルームメイトでした。異世界からきたも同然のおばさんたちとの療養生活で、読書をも禁じられ、ベッドから天井をにらみつける長い一日のくりかえし。

労災と名前がつく病院の本来の目的を知ったのは、一カ月ほど後になってです。廊下の彼方に何十とベッドがならぶ棟が、炭坑労災の患者である「おじさんたち」の病棟だと、樺太からの姉妹が声をひそめて告げました。

映画『幸福の黄色いハンカチ』(一九七七年公開)で知られる夕張炭鉱は、岩見沢からは支線で半時間ほど、石狩炭田のなかで戦後に大きく拡張したひとつです。坑内ガス爆発事故が続出、そのたびに多数の死者がでました。一家の働き手であるおじさんたちにとってそれ以上に命とりとなったのは一酸化炭素中毒や塵肺であると、やはり教師姉妹から教えられました。

私の闘病はストレプトマイシン投与にはじまり、その後もアメリカからの他の新薬が試されています。どれも強い副作用がつづき、最終的に化学療法は中断されました。

入院生活が七カ月ほどになったころ、再度のレントゲン検査で肺の曇りは「古傷みたいなものかも」と結論されました。そして「一番の良薬は家に帰ったほうが」という院長の診断で退院となっています。

前述のヘッセの格言「鳥は卵から出るために自らの嘴で殻を破らなくてはならない」は、「生まれようと欲するものは、一つの世界を破壊しなければならない」(『デミアン』の一節、高橋健二訳)、とつづきます。

退院して三カ月、また受験の季節がまわってきたとき、私は受験の準備をしていなかったにもかかわらず、東京の四年制大学を志望しました。国立大学ではなく、受験科目が少ない私立校に、切り抜ける道を賭けたのです。専攻は好きだった美術史。前年の受験時に父が女性に最適とすすめた薬学や法科には関心がありませんでした。

挫折の一年をみてきた父母は、言葉少なかった。やがて父の口から出た問いは、「ひとりで東京へ行けるか」。

岩見沢から函館本線に乗り、函館で青函連絡船に乗りかえ、青森に着くとふたたび列車で上野をめざす二日がかりの旅に、「誰もつきそってはやれない」。我を通そうとする娘は、それが「殻を破るとき」を告げる言葉と気がついていました。

澤地さんの「女の平和」デモを知ったとき、かつて私も国会を包囲した一人であったことを思い出しました。大学の最終年は安保闘争で校内に赤旗がたなびく日々となります。私も一度だけ、クラスメイトたちと早稲田から歩き、国会をとりまくデモに参加しました。樺美智子さんが警官隊とのぶつかり合いで圧死した翌日でした。

大学時代のこの混迷のなかで、生涯を左右するほど影響をうけた本との出会いがあったのです。卒業後の人生でまず何をしたいかを教えてくれたのは、小田実さんの世界旅行記『何でも見てやろう』(一九六一年)でした。

人間社会のありかたを、アメリカにはじまり世界へともとめた貪欲な旅を、小田さんは「人生に大きな風穴をあけた」と伝えています。私はその旅に自分が出発する日を、いつしか渇望していました。

大学卒業後に女性誌の取材チームにフリーとして加わったのは、お茶くみよりは何か学べる仕事と考えたからです。そのころの女性社員は、正規として入社しても、二十代後半にさしかかるまでに嫁ぐことが、例外なく、大半の会社の枠組みでした。若い女性がつねに入れ替わるシステムが、女性の「キャリア」でした。

取材チームからアメリカ女性誌記事の翻訳へ移ったのは、給料がよかったからで、渡航費が少しずつ貯まりだしています。同じころハーヴァード大学東アジア学科博士課程のジミーと、妻ジェーンに出会いました。かれらのまだ一歳にならない長女の病院通いを手伝ったことにはじまる縁でした。

「ジャパノロジー」（日本学）という言葉をはじめて聞いたのは、ジミー夫妻のアパートによく集まっていた留学生仲間からです。そのなかにはアメリカ留学時代の小田さんの知り合いもいました。日本でキャリアとよべる仕事を実らせるため、まず「アメリカを見てやろう」という計画は、かれらの励ましで実現しています。

そして、一九六三年十一月二十二日、ケネディ米大統領がテキサス州ダラスで暗殺された衝撃的な映像は、北海道の父母へも、買ったばかりのテレビですばやく届いています。しかし予定どおり一週間後、私は日本の貨物船で横浜からアメリカをめざしていました。自分に与えられた渡米の機会は「この時」と信じていました。

太平洋を渡る大海の旅で心配されたのは、台風にあったときではありません。シアトルで下船したときです。アメリカ大使館でヴィザをとるときに、念のために肺のレントゲンをもっていくように助言されていました。終戦から十八年を経ても、アメリカは日本人の国民病に用心深かった。

世界をゆるがす大事件の渦中にもかかわらず渡米を遂行できたのは、ジミーの両親をもふくめたバックアップがあったからと付け加えなくてはなりません。将来のジャパノロジストたちは、三カ月のヴィザによるアメリカ生活にも知恵を貸してくれています。おかげで美術館保管の日本美術関連資料の整理をしてわずかでもアルバイト料を確保、宿泊先はハーヴァードと同じケンブリッジ市にあるマサチューセッツ工科大学タウンズ副総長のお宅にお世話になりました。

同教授宅での私の仕事は、週末に一家で別荘住まいとなるので、その留守中の猫の世話と、午前四時には起床して研究にはげむ教授に、午前六時に朝食を用意することでした。教授がノーベル物理学賞に選ばれた第一報は、私が目玉焼きをつくっている最中の出来事でした。

「赤いローデンコート」を買って数日後、まだ東京に残っていたジミー夫妻から私の様子をみてくれと頼まれたと、日本史専攻の学者の卵から電話をもらいました。翌日に生協前で会う約束を交わし、私は自分の目印を「赤いコート」と告げました。それがピーターとの出会いです。

一年後に結婚。昨年の金婚式では、三人の娘の父親である息子が、サンフランシスコのジャパンタウンで探したという大きな張子の、赤い「達磨さん」をかかえてあらわれ、一家で祝ってくれました。達磨の両眼には、孫娘たちが入れた黒目がおさまっていました。

二〇一五年二月十七日

昌代

第五信　涙――『暗い暦』と「ゾッキ本」の思い出

昌代様

二〇一五年三月二日、玄順恵《ヒョンスンヒエ》さんの上京にあわせて、東京駅近くのホテルで会いました。女二人、小田さんの思い出を話しあいました。亡くなって八年です。

電子ブック化された『小田実全集』（二〇一〇―二〇一四年）が完結し、編集者との会で、玄さんは西宮から上京したのです。

あなたの渡米のきっかけが、小田さんの『何でも見てやろう』であること、一人の人間として世界へ出てゆく、まず手はじめにアメリカ、――こう書くとあなたから、そんな簡単なことではないと異議が出そうですが、あの本がつよい魔力をもっていたことを考えると、納得、という気分になります。

身近かに感じられるあなたの、渡米の動機に小田実がいるのは、驚きであったし、嬉しくもありました。当時、わたしはあの本に着目し、一人の雑誌記者として、神楽坂の喫茶店で彼と会いました。原稿の依頼です。別れ際に、

「これから代ゼミへ行く」

と言われて、進学塾などに縁のなかったわたしは、新しい時代がはじまったと思ったものです。代々木ゼミナールが大盛況を呈する前夜のような印象があります。

二〇〇七年四月、船旅の途中のブエノスアイレスで小田さんの病気を知り、望みなしの新聞記事も目にしながら、ファックスで激励の文章を送りました。七月はじめに帰国してすぐ、入院さきを訪ねたときは、いっさい面会謝絶でした。

病室ナンバーを聞いていたので、いきなり小さくノックしました。出てきた女性がひどく痩せているので、

「あなた、玄さんのお姉さん?」

「いいえ、玄です」

しっかり抱きしめた玄さんのからだは、生きている実感のないものでした。

小田実は、痛み止めの薬で眠っていました。ガン末期の処置です。留守宅に分厚い「ほな、さいなら」で終る手紙が届いていて、「とりかえしのつかない事態が起きてしまった。ではなにができるか」とわたしに即決を求めていたのです。

あなたが大学入学以前に、隔離病棟で七カ月の入院生活を送ったことを、はじめて知りました。御両親の危惧を押し切って上京したあなたの、真剣そのものの表情、眼も見える気がします。

この手紙のやりとりをはじめて、あなたのことをあまりにも知らない自分に出会う感じがあります。あなたにはエッセイ集が二冊あるけれど、慎重というべきか、自身のことはほとんど書いていない。それで、毎回、発見の喜びがある次第です。

わたしは四十年をこえるもの書き生活になりましたが、折りにふれては、身辺のことを書いています。不器用なので、エッセイの文章も流れるようにはゆきません。しかし自分を「裸」にしてゆく作業ではあったと思います。病気も手術も書きました。それは、わたしに「硬派」のイメージがつよいことを自覚してのことです。

助手の生活を離れ、二冊目の『密約――外務省機密漏洩事件』（一九七四年）を書きながら、自分の行く道が見えていなかったわたしは、三冊目の本『暗い暦――二・二六事件以後と武藤章』（一九七五年）を書いています。

五味川さんはかつて、ダーク・カレンダーつまり「暗い暦」のタイトルで小説昭和史を書く気持がありました。また助手を終るとき、それまで準備してきた資料は使わない約束があります。

昭和史をやることは、いわば封印されて、何を書くのか、書くことがつづくのかという迷いがありました。『戦争と人間』で使われた史実は、見えない財産のように私の頭にのこっています。まだ記憶力もいい四十代でした。雑誌の依頼原稿をぼつぼつ書きながら、行方定まらずのわたしに、二・二六事件のその後を書くようにとつよくすすめたのは、E社のS氏です。

S氏は『戦争と人間』の註もよく読んでいました。この人とはいまも親しくしています。E社は知らない会社です。しかしオーディオを主とする経営体で、出版は「余技」めいて、倒産の心配など、まったくないということでした。

一枚の地図を見るように、昭和初年からの日本のあれもこれも頭につまっていて、岐路に位置するのが二・二六事件、という考えはわたしの脳裏につよくあったのです。なかでも、武藤章でした。

『暗い暦』は五味川さんに「あのタイトル、使わせてもらっていいですか」と許可を求め、かたき役の武藤章の言動を柱にして、どのように陸軍が政治を支配するに至ったかを書くつもりでした。

武藤章はいまも、「横暴な軍部の代表」として知られていると思います。当時の新聞（なかでも高宮太平が書いた有名無名の記事）を読むと、昭和十（一九三五）年の永田軍務局長殺害事件にかけつけた軍務局員の武藤がいます。

御遺族（十一歳年下の夫人初子と一人娘千代子）は、永田鉄山を介抱した武藤の「血にまみれた軍服」を知らないということです。かけつけて云々が事実であれば、家族が知らないのは不自然です。夫人は誰にも会わず、わたしは千代子さんを通じて、夫人の話を聞いた形です。

武藤章は陸軍中将。戦後、A級戦犯に問われ、七人の被告中最年少の五十六歳で、十三階段をのぼってゆきました。

米軍の作業服を着せられ、施錠された両手を腹部に固定された姿です。

ジャーナリストとして大先輩であり、近衛文麿と親交のあった松本重治氏は、武藤章について、「あんな悪い奴はいない」と言われました。当時の政界と陸軍の関係を当事者として知る人の評価です。

二・二六事件収束後、広田内閣組閣のとき、閣僚名簿にクレームをつけた陸軍の声明文を持っていったのは武藤章中佐です。そのあとも「歴史の根まわし」を一身に演じています。わたしが武藤を描くことで「戦争の昭和」を書けると思ったのは、自然の成行きでした。

忘れがたいのは、関東軍がやった「内蒙独立」の戦いで、昭和十一（一九三六）年十一月の綏遠《すいえん》事件です。

関東軍参謀の田中隆吉の野心に、武藤課長がまんまと乗せられた感じです。

中央の意向を無視し、国民政府軍と摩擦をかさねる関東軍の「止め男」として、参謀本部作戦課長（部長になるのは昭和十二年三月）石原莞爾が満州の首都新京へ飛びます。

内蒙工作の主任課長として、武藤章の石原への反問。

武藤は軍務局から関東軍に転じて半年。ドイツ留学の実績はあり、ドイツ語に堪能であっても、中国・内蒙問題は知らないのです。しかし、有名なやりとりが石原対武藤の間であります。

「唯今のお示しは、両長官（陸軍大臣・参謀総長）の意志なので、左様におっしゃるので、かならずしも石原部長御自身の御気持ではないと心得て、よろしいでしょうか」

「貴官は何を申す。既に幾回も、我輩の名を以て、内蒙工作の不可を電報しているではないか。両長官は、軍をしてきびしく中央の統制に服せしめるよう、小官を派遣したものです」

「これはおどろきました。私たちは、石原さんが満州事変のとき、やられたものを模範としてやっているものです。あなたから、お叱りをうけようとは、思ってもおらなかったことです」

武藤課長の言葉に、列席の若手参謀たちが声をあげて笑い、この夜の打合せは終った、と関東軍参謀副長であった今村均は回想しています。

満州事変の発端が関東軍の陰謀によることは、陸軍内部によく知られており、関係者が罰せられることなく、むしろ論功行賞の対象になり、要路を占めるに至ったことが、悪しき前例になったと今村均は書いています（『今村均大将回想録』一九六〇年）。そこに軍紀乱脈となる要因があったと言うのです。

綏遠で内蒙軍（実際は関東軍支配）に勝った傅作義《ふさくぎ》軍は、歩兵の装備は日本軍よりすぐれていたとも言われます。中国側は綏遠省を舞台に本格的「抗日」のかまえを見せ、勝報に接した蔣介石は、太原の三千人の群衆を前に、

「今後奮励努力すれば、いかなる外患と雖《いえど》も恐るるに足らぬ」

と演説。進行中の日中国交調整会談打切りの論議がさかんになり、絶食、暖房停止、義援金募集など、綏遠援助運動はかつてない高揚を見せたといいます。

国民政府はこの高揚に危惧を抱き、救国抗日連合会の七幹部を逮捕、鎮静をはかります。日本側では、「綏遠事件」は小さな事件として無視されています。しかしつづく十二月十二日、西安で蔣介石を監禁し、掃共戦停止、国共合作を要求する「兵諫《へいかん》」

が起きます。張学良によるこの兵諫が、日本に深刻な運命をもたらしたことで、綏遠事件は、日中関係において大きな位置を占めています。

昭和十二（一九三七）年七月七日夜、北京郊外盧溝橋で日中両軍衝突。どちらにも被害はなく現地は停戦にむかいます。八日、参謀本部作戦課長になっていた武藤は自宅から、戦争指導課長の河辺虎四郎を電話でよびだし、

「愉快なことがおこったね」

と言ったと河辺の回想録にあります（『市ヶ谷台から市ヶ谷台へ——最後の参謀次長の回想録』一九六二年）。

盧溝橋事件のあと、作戦部長の石原莞爾が、部内の意思統一ができず、外務省に「増派反対」と言ってくれと頼んだ話があります。日中戦争への拡大について、石原作戦部長の優柔不断を批判しながら、わたしはその下に武藤作戦課長がいたことを見落していました。

「武藤語録」をつないでゆくと、好戦的な言葉で新聞に話題提供、実質的に陸軍をひきずった発言をいくつもひろえます。

娘の千代子さんと親しくなったのは、この仕事が結ぶ縁です。一年半かけた取材によって、同名異人めいた武藤章が浮かびあがりました。わずかにのこされていた義妹あてのハガキには、ユーモアあふれる武藤章がいます。

東条英機は武藤軍務局長と平仄が合ったと言われますが、武藤は前線視察中の留守に、スマトラの近衛師団長に任命されます。太平洋の占領区域がひろがる昭和十七(一九四二)年四月のことです。

駐比日本大使だった村田省蔵は前線の武藤章の述懐を書きとめています(『比島日記──村田省蔵遺稿』一九六九年)。東条英機への批判があって、「妻君の彼を誤らしめたる事甚大なること」とあり、軍首脳部婦人たちの愛国婦人会(明治三十四〔一九〇一〕年発足)に対し、昭和七(一九三二)年発足の大日本国防婦人会が激しく対立。それを合同によって大日本婦人会として解決(昭和十七年二月)。東条夫人勝子の怒りを買うなど陸軍の憎まれ役を一人せおったという苦心談です。

極東国際軍事裁判法廷では、武藤は誰の悪口も言わないと心をきめていたようです。スマトラ時代、幹部候補生出身の少尉が武藤の副官をつとめ、証言があります。

武藤の着任時、師団司令部の空気はすでに「勝った」というもので、オーストラリアまでも攻めようという景気のいいものだったといいます。武藤は、

「馬鹿なことをいうな。兵站はのびきっている。いまおさめなければ敗け戦だ」

といって、副官をおどろかせています。


昭和十六（一九四一）年の「日米交渉」にのぞみをかけ、暗号名を「花」といった武藤章は、中央を離れたあと、別人のような言動を示しています。


『暗い暦』は助手生活の中で生れたと思います。五味川さんは、

「あれほど書けるとは、思わなかった」

と認めてくれました。


武藤章も、夫人の実家も、空襲で焼かれていて、武藤章の資料はほとんどありません。昭和十九（一九四四）年十月、アメリカ軍のフィリピン攻撃開始直前、第十四方面軍の山下奉文大将に招かれマニラへ参謀長として赴任するとき、搭乗機を離れた一瞬に空襲を受け、飛行機は炎上、武藤章は山下から「シャツと褌」をもらい受けていま

す。スマトラでの二年半の記録も失っています。

武藤の獄中遺書『比島から巣鴨へ――日本軍部の歩んだ道と一軍人の運命』(一九五二年)に、「私は比島の作戦準備が、何も出来ていないことを薄々知っていた。私の命令は死の宣告だった」と書いています。

昭和二十(一九四五)年三月二十二日、フィリピンのラウレル大統領の亡命組と村田大使がバギオを離れます。マニラを放棄したあとです。

「武藤参謀長、大統領見送りのため来る。……大統領の今回の行に対しては武藤は用意万端親しく自ら任じ、異常の注意を払えり」(『比島日記』)。

武藤の一句。

　春寒く亡命の人山をくだる

武藤はその胸中を俳句に託す人でした。

山下は昭和二十年九月十五日に起訴。十二月七日(この日付には注意が必要ですね)絞首刑の判決。二十一年二月二十三日、刑執行。マニラを主とするルソン島日本軍の残虐行為の責任を問われたのです。武藤は山下の弁護側証人でした。

昭和二十一年四月二十九日、極東国際軍事裁判所に起訴状提出。四月八日、指名されて日本へ帰った武藤は巣鴨拘置所に収監され、A級戦犯として、法廷に立っています。巣鴨の武藤は、「何一つ遺さなかった」父として、日々の出来事を書き、「お前の平凡な父の歴史の終りにしたい」という手記を遺しています。

『暗い暦』には後日談があります。一夜、神保町の古書店の店先で『暗い暦』を見、「あるだけください」というと、店主は、「まだ、いくらでもあります」と言ったのです。E社が倒産、ゾッキ本がでるような事態はないとS氏に言われていましたが、一冊百円くらい（定価九百八十円）で売られていました。翌年にかけ版を重ねていたのです。

全部買い取って断裁の処置をする、それがわたしの判断でした。「わが娘が目の前で身を売っているような実感」をいまも思いだします。

染井墓地近くの廃屋へゆきました。三島由紀夫の本もつまれていました。すべての本が、版元の倒産によって、ゾッキ本として流通することを、この日見た本の墓場のような風景が語っていたと思います。

一九七八年に『火はわが胸中にあり――忘れられた近衛兵士の叛乱・竹橋事件』を書き、第五回日本ノンフィクション賞を受賞しました。

竹橋事件は、二・二六事件でのちに銃殺刑になる安藤輝三《てるぞう》が決起への参加をためらっていたとき口にした事件で、私は二・二六事件から明治十一（一八七八）年夏の事件に引き寄せられた感じです。陸軍刑務所の五十五人の口供書（国立公文書館蔵）の全文を、一人ひとり日時別に書き抜いてつなぎ、史上ただ一度の兵士の叛乱を書きました。

この作業は、ほかにはない「事実」の再現に不可欠でしたが、書きぬいて、追加の事項をテープではりこむ一日、わけもなく涙がこぼれました。

この本の賞金を断裁の買い取りにあてましたが、それでは足りなかった記憶があります。のちに『暗い暦』は文春文庫に入っています。

二〇一五年三月二十日　　　　久枝

第六信　「ボーダー・ステイト」での一九六五年

澤地様

渡米から一年がすぎた一九六五年の感謝祭前日、マサチューセッツ州アーマストでピーターと結婚式をあげました。英国統治からの歴史をもつこの大学町には、ピーターの両親が暮らしていました。

その半年まえにはじめて訪れた時、やがて義父となる人は、自宅から歩いて十分ほどの、マサチューセッツ州立大学ウィリアム・クラーク教授記念館に案内してくれています。「少年よ、大志を抱け！」という言葉を、開拓期の北海道の青少年にのこしたクラーク博士は、同大学をたちあげた中心人物でした。

息子同様に北欧系とすぐ見当がつく長身の義父は、化学の教授として教鞭をとっていました。大学時代の一時期にコペンハーゲン大学で学び、長年にわたりデンマーク語をまじえた日記をのこしました。何語であるにせよ、家族が驚くほどの秘密が書かれた手記ではないようです。知性に裏づけられた、温和な人柄でした。

義母はアメリカが英国の植民地だった十七世紀に南ドイツから移住した、ペンシルヴァニア・ダッチの家系です。彼女の伯父が総長だった大学の学友として義父に出会い、第一次大戦での召集、その後もハーヴァードで博士過程を終えるまで、忍耐強く待ってゴールインしています。ピーターはたまたま当時の父親と同じ年齢で、私を両親にひきあわせています。

そのとき息子は、父親同様に博士論文を仕上げ、日本近代政治史の助教授としてミズーリ州セントルイス市のワシントン大学に就職したばかりでした。結婚式は三カ月後の感謝祭休暇に、セントルイス市役所で誓いを交わす予定でした。

ところが、ピーターから思いがけない電話連絡がはいります。私の一時滞在のヴィザに関して、念のために市役所に問い合わせたところ、返ってきた答えは「ミズーリ州ではモンゴロイドとの結婚は不可能」というものだったのです。

モンゴロイドがアジア系からアメリカ・インディアンまでをさす人種カテゴリとは、そのときはじめて知りました。簡単にいえば黄色人種をさす、肌の色での識別です。

ミズーリ州は、南北戦争というアメリカ合衆国の分岐点で、奴隷州（黒人奴隷制度支持）と連邦州（奴隷法廃止）に州内が大きく分裂しました。いわゆる「ボーダー・ステイト」として歴史に名を残しています。しかし同州は「異人種間結婚禁止法」に関しては、まぎれもなく南部《サウス》と顔をそろえていたわけです。

異人種間結婚禁止法は、具体的には白人への「いましめ」という形をとっています。つまり私たちの結婚は、ピーターが逮捕され、「イエロー」異人種たる私はすぐさまヴィザを失い、祖国送還という法の適用を意味しました。

ピーターの大学の同僚たちはそろって、時代遅れの法に反応しました。人種差別の禁止をさだめた「憲法にのっとり、州法を訴える機会」と口をそろえてピーターに助言しました。その最中、妻が黒人の夫妻（カップル）がすでに九年間にわたり訴訟中であることが、アメリカ法学の学者が調べた結果として判明します。モンゴロイドと仕分けできる人種は、南部にはごく少数です。この法の主要なターゲットは、つまり黒人であったわけです。

先の夫妻の件はさらに二年を経てアメリカ最高裁で違憲の判決を勝ちとっています。異人種間結婚禁止法はこれをもって、ミズーリ州を含む南部十五州で廃止されます。

というわけで、ミズーリ州法に振り回されていたころでした。ボストン郊外の友人宅に滞在していた私のもとに、ピーターの両親が立ち寄りました。そして、「しばらくアーマストへ来てみませんか」、とさりげなく切り出しました。このとき義父母は南部にのこる差別の州法に関しては一言もふれていません。しかしその後のアーマストでの日々でも、もろもろの思いやりをみせてくれました。

ピーターの「ベビー日誌」を義母から、私は早くも手渡されました(二年後に息子が生まれた時、とても役にたっています)。またピーターが好きなドイツ風クッキーの焼き方にはじまる家庭料理を伝授されるなど、毎日の経つのがとても速かった。

結婚の届け出と式は東部アーマストに場所を移しただけで、あとは最初の計画通り感謝祭の休暇に実現しています。この結婚式を準備したのも義母です。ボランティアで長年にわたり教会のピアニストをつとめた彼女は、信徒ではない私が教会で式をあげられるように牧師から許可をとりつけています。

町の歴史をきざむレストランでの披露宴では、親族にくわえて二十人ほどの人々を招待、短期滞在の私側からも、外交官と結婚して首都ワシントンに着任していた学生時代の友人夫妻、ケンブリッジで世話になったタウンズ夫人などが顔をそろえてくれました。

戦後のいつごろから始まったのでしょうか。アメリカ政府は「国務省招待視察」として、世界各国から種々の分野の人々を招き、その要望に沿い、一カ月という期間をかけてアメリカを見てもらうプログラムを組んでいます。

この招待視察でセントルイスにやってきた日本人は例外なく、ハンニバル町へ寄りたがりました。ご存じのように、ここは『トム・ソーヤーの冒険』『ハックルベリー・フィンの冒険』の作家マーク・トウェインの故郷です。ミシシッピ川を背景に奴隷時代の「ボーダー・ステイト」を鮮明に描写しながら、自然との共存にあこがれて生きる、いわば究極的アメリカ人を描いた、いまなお高く評価される文学です。

しかしそこへはセントルイス市から車で二時間余、まだ舗装されていない不便な道つづきでした。ハックルベリー・フィンが好きだった私たちは、何度かドライブをかってでました。

日本からの訪問客は、かならずしも文学関係者だけではありません。版画家棟方志功さんとの旅は、セントルイス美術館で大々的に「棟方志功展」が催されたときのことでした。

棟方さんが予定をたてた週はあいにくと連日の大雨になり、ミシシッピ川は氾濫の一歩手前まで水嵩がまし、雑多なあらゆるゴミが大波に乗って荒れ狂っていました。でも棟方さんはそれにめげなかった。持ってきたスケッチブックに一枚のデッサンを数秒ほどの速さで描くと、川をめがけて投げ入れました。あっという間にその一枚はゴミにさらわれ、流れ去りました。私たちにはなにを描いたか、見当つかずの出来事でした。

雨にうたれながら両手をあわせたあと、棟方さんはうれしそうに言いました。「おかげでミシシッピ参りができました」。

棟方さんのデッサンが合流したのは、セントルイスとはミシシッピ川を隔てた対岸のイーストセントルイスから流れ出たゴミでした。人口の大半が黒人でスラムを抱えた街は、公民権運動で荒れていました。

セントルイスでの日々は、東部でもなく、南部でもない、アカデミア範疇の暮らしでした。それを守っているかぎり、結婚禁止の州法問題すら、現実感がうすい思い出となります。クリスマスと夏休みにアーマストの義父母のもとへ戻る以外、ミズーリをでるのは、アメリカ第三の大都市シカゴへの買い出しだけでした。

セントルイスではダウンタウンに小さな中華店が一軒あるだけで、肝心の日本米が手にはいりません。数カ月ごとに、見渡すかぎり視界にひろがるトウモロコシ畑のなかを五時間ほど、日本米をもとめて車を走らせました。

「戸栗」という店で食料品を買い込んだあと、日本からの新刊書、雑誌を立ち読みし、夜はシカゴ大学で教えていた友人と落ち合うのが楽しみでした。書籍コーナーにはいつも、店主らしい日系一世の老人が店番をしていました。そこでたった一度だけ、日系女性が本を包んでくれたことがありました。そのときの印象というよりはショックを、私はのちに本のなかで次のように記しています。

「その日のことを珍しくよく覚えているのは、その人からうけた強烈な第一印象による。テキパキと本を包みおえてこちらを向いた彼女と視線が合った時、私はわれになくたじろぎをおぼえた。それは決して人に物を売る人の目ではなかったことが、私を慌てさせた。人を寄せつけまいとするかのような強い拒絶の目だった」

それから一カ月ほどしてでした。アメリカ中西部の主要紙「セントルイスポスト・ディスパッチ」に彼女の顔写真を見たのです。「反逆者のその後」という見出しの記事に、原爆スパイ事件で死刑となるローゼンバーグ夫妻などの写真とならび、彼女の顔写真がありました。二十年ほど若い日の写真でした。でも見分けは容易につきました。「現在シカゴで父親の店を手伝っている」という挿入文によっても、シカゴで見た女性に間違いありませんでした。その彼女の写真の下に「東京ローズ」という、思いもよらないキャプションが添えられていたのです。

占領下で聞いた、なにやら華やかな名前として、東京ローズの名前を私は記憶していました。しかし反逆者として裁判にかけられたことはそのとき初めて知りました。その日のうちに、ワシントン大学図書館でこの裁判に関する情報を求めましたが、見つかったのは二、三の興味本位な雑誌記事だけでした。

本格的に「東京ローズ反逆罪裁判」を調べ始めたのは、それから七年を経てからのことです。

ピーターがサンフランシスコ市郊外のスタンフォード大学に転職して間もなくでした。息子は小学校低学年になっていました。アメリカ各地で女性たちがウーマン・リブを叫んでいた頃です。戦後にアメリカの占領政策として男女同権を聞いた耳には、過去からのエコーのように、一拍気のぬけた響きでした。というよりも北海道の精神的無菌地帯で子ども心に刻まれた「私のウーマン・リブ」は、年を重ねるにつれ、ボディ・ブロウのように効いていた。三十半ばのそのとき、私は日系アメリカ人史を学ぶ第一歩を踏みだそうとしていました。

そのために大学図書館で「ニューヨーク・タイムズ」紙の各年索引で調べものをしていた最中です。急に思い出して、東京ローズの名前をひいていました。そして裁判がサンフランシスコ市内であったのを確認しました。

あとは火がついたとしか、言いようがありません。それが私と半世紀にわたるノンフィクションとの出会いです。連日、上記の新聞で一年ごとに東京ローズに関する記事の日付を拾いあげると、地下の新聞資料室にかけ下りていました。地元だけに大学図書館には、この反逆罪裁判をカバーした地元主要新聞がすべておさまっていました。

その後は、サンフランシスコ郊外のサンブルノ公文書館に通い、五十二冊におよぶ法廷記録および多数の関係文書に目を通しました。まだ「コピー機」というものがはいっていないころです。すべて手書きでの作業をくりかえしました。

「東京ローズ反逆罪」の被告アイバ・郁子・戸栗・ダキノは山梨出身の移民の長女としてロサンゼルスに生まれ、当時の日系女性としてはめずらしくカリフォルニア州立大学を卒業。医者になる夢をいだいて大学院へ進学の予定でした。しかし重体だった叔母の見舞いに家族を代表して日本に行くことになり、その後に勃発した真珠湾攻撃で、アメリカへもどる道を閉ざされます。留め置かれた日本で対米宣伝放送のアナウンサーになることを強いられました。

他のアメリカ生まれのアナウンサーとアイバが異なったのは、彼女ただ一人が特高の圧力に屈せず、戦中にアメリカ市民権を破棄しなかったことです。市民権を守り抜いたことで、戦後は反逆罪に問われ、ＦＢＩに逮捕されてしまったのでした。

「東京ローズ裁判」の一番の問題点は、現実にはその名の生身の女性がこの世に存在しなかった事実です。東京ローズとは戦時中に太平洋にいたアメリカＧＩたちが、日本の対米宣伝放送に従事した女性アナウンサーにつけたニックネームです。

「「戦争時の復讐」を願うヒステリックな国民感情を背景に、黄色《イエロー》ジャーナリズムがデッチあげ、煽動し、それに政府が意気地なくも呼応し、政治的に利用し、フレームアップした魔女裁判であった。不幸にも東京ローズのレッテルをはられたアイバは、……戦争が生んだ犠牲者であると同時にアメリカ人種差別主義の犠牲でもある」

と私は締めくくっています。アイバは十二週間におよんだ立証と反証のすえ、禁錮十年という、一般に予想されていた以上に重い宣告を言い渡されました。獄中からの再三の上告はすべて却下されました。それでも戦後ヒステリーがおさまった、獄中生活六年二カ月後に、「服役成績良好」で仮釈放され、シカゴで待っていた父親に引き取られています。

私がシカゴで、振り向いたアイバと視線がからみあったあの時、彼女は自由の身になってさらに十年を経ていたわけです。その時期でも、彼女の顔にはけっしてぬぐいとれることのない人間不信がうかんでいたことになります。

アイバの声を私が聞くのは、さらに十年を経てのことです。長いこと無関心をきめこんだ全米日系市民協会がアイバの裁判に関心を示したのは、クリフォード・ウエダ医師が同協会会長に就いてからでした。彼を中心に大統領特赦運動が開始されます。私はウエダ医師に求められるたびに、資料を提出してきました。やがて私をアイバに引き合わせてくれたのはウエダ医師です。

故人となった父親に代わり、日本雑貨の買いつけにサンフランシスコに出入りしていたアイバを伴って、ウエダ医師はスタンフォード大学構内の私の自宅に立ち寄りました。彼はアイバが、そして私が、やがての彼の死去まで、深い信頼を寄せつづけた「友人」でした。シカゴのアイバの自宅へ一週間に一度ほど電話インタビューをいれるという案は、ウエダ医師の提案で承諾されました。

アイバはこの約束を守りました。店を閉じ、一日が終わろうとする時間帯の電話は、ときとして真夜中ちかくになってからはじまりました。今日はなにも思い出したくないと拒否される夜もありました。何十年も前の出来事を、正確さを期して聞き出しにかかる私は、あせるまいと自分に誓いました。互いに辛抱を第一とした電話インタビューでした。

私は確かにアイバの声を聞きました。その声は、もうひとつの忘れがたい声と重なっていまも私の耳に残ります。

「南部の風にゆらいでいる　黒い死体」、という歌声は、「ポプラの木に吊るされた奇妙な果実」、とつづきます。公民権運動をつたえるPBS教育放送で聞いた伝説的黒人ジャズ歌手ビリー・ホリデイが歌う「奇妙な果実」です。

目覚めがこないような、低い、低い声でただゆっくりと、唸るように泣くように、と私はこのリンチの歌を、日記に記しています。
その声がいつしかアイバの人生に、二重うつしになっていたのでしょうか。長いこと、それが私にとってのアイバの声でした。

私が日本で『東京ローズ』を刊行したのは一九七七年末、澤地さんが『暗い暦』を出した一年後にあたります。はじめてＦＢＩやアメリカ議会資料をもとめて首都ワシントンをも訪れた四年余に及ぶ作業で、私はノンフィクション作家をめざしたといえるのでしょうか。自分の関心が凝固した主題を見きわめようとする一人旅だったのは確かです。

暗い澱みのなかから微かに聞こえてくるアイバの声を資料で裏づけながら、日米にまたがる戦後をさぐった仕事でした。

二〇一五年四月十三日

昌代

PS

ミズーリ州黒人射殺事件が発生したのは昨年の夏。警官が無防備の十八歳の少年を射殺した事件は、地元の大陪審で不起訴処分となり、ことは人種暴動へと発展しました。いまだアメリカ全土に波紋を広げているその地元の名前から、ファーガソン事件とも称されています。

それが五十年まえに、二年を暮したワシントン大学の後ろ側にあたる小さな黒人地域とは、すぐには思い出せませんでした。六発をはなって少年を射殺した白人警官は、「良心の呵責はない」と、いまも言明しつづけています。

第七信　去るひと――ミッドウェー海戦を書く

昌代様

あなたもビリー・ホリデイの「奇妙な果実」を、愛しておいでなのですね。「奇妙な果実」というのは、つるされた黒人のからだ。わたしは毎晩、寝つく前にＣＤを聴くことにしていますが、ビリー・ホリデイはその一枚で、五味川純平氏が愛した歌でもありました。

先日、「憲法の日」の対談を「東京新聞」でしました。お相手は小さなお子さんのいる弁護士の竪十萌子《たてともこ》さんです。おなじように子育て中のママたちに呼びかけた、「憲法ママ Cafe」をやっているひとです。日本中になんと多様な市民の会が生れ、この国の政治を変えようとしているか。希望をもつのは、そういうひとにふれるときです。

「何年生れですか」と思わず聞きました。「一九八一年生れです」の即答。わたしがミッドウェー海戦日米戦死者の調査に手をつけた年、最初のアメリカ訪問の年に、このひとは生れたのです。孫や曽孫《ひまご》の世代がいま、社会の最前線にいるのですね。言葉が伝わりにくいのは当然と思いました。堅さんはわたしの言葉をよく聞いてくれました。先輩への礼儀を知っているひとと改めて考えます。

戦争にはいくつもの転換点があると思います。徐々に徐々に、社会全体が世界を相手に戦う方向へ流されていった日々がよみがえってきます。わたしが生れた頃は、日本中が不景気で、生活に追われていました。上層階級には縁のない貧乏です。そこへ野心家の軍人、経済人が乗じ、政治を動かしはじめたと思います。

ふりかえってみると、過去と現在と、社会の構成要件がとてもよく似ています。

この二年ほどの間に、「主権不在」「主権無視」の安倍政治がまかり通っています。迎合し、さらにすすめようとする財界の意思も表面に出てきました。このままゆけば、いつどこで自衛隊員の戦死が出てもいい事態です。

ワシントンの日米首脳会談でトップのふたりが笑顔をかわしあっても、本質的におそろしい約束を日本主導でやっています。こんどの安保関連法案は、かねてアメリカのタカ派が要求していた「ブーツ・オン・ザ・グラウンド」ですよね。あの「笑顔」のさきに、自国民の戦死、他国のひとたちの殺傷があると思うと、寒気がします。

戦後の七十年、日本には一名の戦死者もなかった。軍隊も交戦権も放棄した日本国憲法のもとで、戦死はあり得ないし、ミッドウェー海戦（昭和十七〔一九四二〕年）の日米全戦死者と遺族の調査結果をふまえて日本人の戦死はないのです。

わたしは「いのちの重さ」を頭のスミにおいて、この四十余年生きてきたと思います。それは、戦争における死者たちが、どんなに軽く扱われ、あるいは無視されているか、折あるごとにふれたからです。それなら、戦ったアメリカ人の戦死者はどう扱われているか、比べてみたいと思いました。それで選んだ「ミッドウェー海戦」であり、日米双方の戦死者たちでした。「有名」な海戦です。

敗戦以前の日々、日本側には「ミッドウェー海戦」という海戦は存在しません。戦死の公報は翌月、「六ガツ七ヒヒガシタイヘイヨウニオイテセンシ」と海軍省から通知され、秘密を守るように達せられています。たずねていった戦死者の墓には、「東太平洋にて戦死」と刻まれていました。どこで、どのような「戦闘」で死んだのか。秘密主義もきわまるあつかいです。

『滄海《うみ》よ眠れ——ミッドウェー海戦の生と死』(一九八四—八五年)、『記録ミッドウェー海戦』(一九八六年)、『家族の樹——ミッドウェー海戦終章』(一九九二年)と、足かけ九年の仕事となりました。

アメリカ側は公式記録には「378 (about)」と書かれ、日本側は約三千五百とか四千人といわれてきたミッドウェー海戦の戦死者です。よく知られた海戦で、戦死者の数や氏名は確定していると思ってはじめた仕事です。でも一人ひとり確認が必要でした。この作業はわたしの手にあまり、スタッフに助けられています。その一人はいま、ノンフィクション作家になった石村博子さんです。訪米中の留守宅も、彼女たちが守り、一日も休んでいません。

あなたの仕事を読んでいると、完璧という言葉が浮んできます。インタビューした相手、その年月日の長いリストが巻末にあります。参考にした資料のリストもあなたの綿密な仕事ぶりを語っています。

これが「ノンフィクション」の常道であるなら――とわたしは思います。自分の仕事は枠の外にあるような気がします。ほんとうのところ、五月三日の憲法大集会のあと、体調をくずしました。脚がひどくむくみ、原稿は一行も書けない日がほぼ一週間つづいて、わたしはわたし自身に絶望しました。調査と取材をベースにするノンフィクション作品、それはわかっていても、もう取り組む力がないと思いました。

しばらくぶりにミッドウェー海戦の三部作を読みました。わたしは「意地」になって、たとえば重巡洋艦「最上《もがみ》」の全戦死者を書こうとしています。忘れられている戦死者の経歴と遺族の戦後を羅列するように書いて、いま、読み返すと苦痛もあります。

しかし、この仕事は、かつて「戦争」が日常生活のなかにあった時代の人びと、とくに女たちを書いていて、「戦争なんて知らない」というひとたちに読んでもらいたい資料になっています。

イタリア・ナポリ近郊のビサッチアへ行ったのは、ミッドウェー海戦の戦死者の死後に生れる息子が、ベトナム戦争で戦死しているからです。レイモンド・サルザルロ・シニアとジュニアです。一家はイタリアからの移民の父によって「家族の樹」をアメリカに根づかせた。誰も会うひとがいなくても、どんな村から出ていったのか、見ておきたかったのです。

地震に襲われて十年余。夜がきても真っ暗な家々が並ぶ寂しい村でした。「領主」の家もあかりひとつ見えません。

このどん底から、婚約者をのこしてアメリカへゆき、貸車を寝床にするような生活から這いあがっていった男の三男が、ミッドウェー海戦で戦死したのです。

日本の真珠湾奇襲のあと妊《みごも》っている新妻を米本土へ返したサルザルロ・シニアは、二カ月後に生れる息子を見ることはありませんでした。アーリントン墓地には遺体のかえらなかった死者の墓域があります。そこに、生涯会うことのなかったふたりのサルザルロの墓碑が並んでいます。

ほかにも、第二次大戦の戦死者の子が、戦後に戦死した例はあります。しかし日本には一例もないことを言うために、この仕事をしたみたいです。

対英米戦争開始から六カ月後、一九四二年六月、日本側三〇五七、米国側三六二、あわせて三四一九人の戦死者です。連合艦隊が喪ったのは「赤城」「加賀」「飛龍」「蒼龍」の四空母と重巡洋艦「三隈《みくま》」の五隻。米国側は海軍、海兵隊、陸軍の三軍が参戦し、空母「ヨークタウン」、駆逐艦「ハマン」の二隻を喪失しています。

スタンフォード滞在中、「ハマン」の艦長トルーの夫人に会いに行きましたね。あなたの運転する車で。通訳もあなたでした。故人となった艦長は「戦争反対」の立場を明らかにし、FBIの監視がついたと夫人は言いました。両脇に乗員を抱えて海中にいた夫を語った夫人の口調を思いだします。

資料の『記録ミッドウェー海戦』をまとめた一九八六年六月、アメリカ側戦死者八名の生年月日が不明でした。フィリピンのマニラ市に第二次世界大戦の連合国側戦死者名を刻んだモニュメントがあると聞いて、マニラに行きました。ミッドウェー海戦のアメリカ側戦死者の名前は、一人もありませんでした。

年齢になぜこだわるかといえば、戦争の無残さを端的に語っているからです。日本の最年少の戦死者が十五歳であり、アメリカ側は十七歳というように、具体的です。

一九八六年に海上からのミッドウェー慰霊の船旅がありました。慰霊祭のあとホノルルに上陸してすぐ、パンチボウルの墓地へゆき、八人の生年月日を確認できました。この海戦で、戦死者の数がもっとも多いのは、日米ともに二十一歳と二十二歳です。二十歳から二十五歳未満の戦死者は日本が六四・四%、アメリカは四九・七%。戦死するのは、こういう若い人です。これが「戦争」です。

ミッドウェー海戦には「運命の五分間」という定説がありました。海（攻撃用）→陸→海と兵装を転換した四空母は、全機発進の「五分前」に米機の爆撃を受け、沈没に至るという説です。淵田美津雄・奥宮正武共著の『ミッドウェー』（一九五一年、改訂版六七年）が、この「五分間説」の定本とされてきました。

ウォルター・ロード氏の『逆転』（邦訳一九六九年）でも、なにも疑問は示されていません。氏とはニューヨークのマンションで会いました。

日本側には海上を漂流中のアメリカ軍人をとらえて艦上で訊問した（のち殺害）記録が「戦闘詳報」にあります。フルネーム、所属、階級が書かれ、米機動部隊出撃の証拠と考えたようです。ウォルター・ロード氏は、「彼らの運命は暗い」と暗示的なことを書いているだけです。一人も生還していません。日本には、捕虜になりのち生還した例があります。生還した日本側捕虜たちの話は『家族の樹』に書きました。家族内に深刻な葛藤があったのです。

「戦闘詳報」を当時の防衛庁戦史室でみたわたしは、「兵装転換」に納得がゆきませんでした。戦闘経過を読みとくと「運命の五分間」など成立しないのです。

恩給局の年金データをはじめ、日本側戦死者の確認作業のため、大勢のスタッフと調査をつづけていましたから、みんなに疑問を言いました。そして否定され、自信を喪失しましたが、やはりおかしいと思いました。

半藤一利さんが「あなたの考えはあたっているのじゃないか」と力づけてくれて、わたしは旗艦「赤城」に乗っていた第一航空艦隊航空乙参謀Y氏の証言を聞きました。

航空甲参謀は、源田実です。

第一航空艦隊は連合艦隊（司令長官山本五十六）との事前の約束があり、第一次攻撃隊はミッドウェー基地をたたき、第二次攻撃隊は、敵空母にそなえて海上攻撃用とすることになっていました。

しかし、第一航空艦隊司令部は、米艦隊はいないと考え、ミッドウェー基地が潰滅的ダメージをうけたあとに出てくると考えたと言います。第二次攻撃隊は海用の攻撃準備を陸用にかえていたと思います。はじめから「陸用」であったのかもしれません。第一航空戦隊（「赤城」「加賀」）と第二航空戦隊（「飛龍」「蒼龍」）は、第一次と第二次にそれぞれ別種の攻撃機を用いています。兵装転換もちがっているはずです。

実際になにがあったのか。兵装転換の混乱はあったとしても、五分で勝機をつかむわけにはいかなかったでしょう。陸用攻撃に使われる八〇番爆弾に対して、海用九一式魚雷は倍くらい大きいのです。それを海→陸→海と変えたという「定説」です。わたしの疑問を裏づける航空乙参謀の談話をテープにとり、「運命の五分間」説への疑問提起が「毎日新聞」にのりました。

ある日、ＪＲに乗っていて、わたしはすぐ頭の上にさげられた広告に気付きました。

「澤地久枝　誣告《ぶこく》よばわりは許さんぞ」

大きな活字でした。月刊誌か週刊誌か、記憶は消えました。記事の筆者は海軍兵学校出身の作家としてよく知られたひとです。戦争中に捕虜になったことがあり、オーストラリアの捕虜収容所にいたのではないかと思います。

誣告――つまり事実をいつわって虚偽の申告をする、「運命の五分間」説の否認など許さないと言っているのです。その広告の下に本人がいるとは、誰も気づいていなかったでしょう。私は奇妙な気持におそわれて、つぎの駅でおりました。

海軍それも将校であったひとたちは結束していました。戦死者の思い出を聞こうとして電話をかけます。「なにもおぼえていませんね」、誰々に聞いてはどうかと言われて、つぎのひとにかけます。おなじことを言われて、またつぎのひとにかけます。

海軍兵学校出身者は、同期の戦死者について、わたしを堂々めぐりさせました。

「あなたは拒否されているのよ」

と笑って教えてくれたのは、空母「加賀」の搭乗員三上良孝大尉（海兵六五期）の夫人美都《みつ》さんでした。

海軍兵学校出身の戦死者は三十三人います。

三上大尉は二十六歳、美都さん二十一歳。珊瑚海海戦のあと、「加賀」だけが艦底の補修のため佐世保港へ帰っています。他の空母はつぎの戦闘に参加しました。

わが家に帰った三上は、母から示された見合写真のなかから海兵出身で元少将の娘・堀田美都をえらび、「結婚はできない」と自分でことわりに行き、美都に会って心がわりしたのです。「俺たち相惚れだよ」と祖母に言ったそうです。三上大尉は真珠湾攻撃以来の「加賀」搭乗員でした。出会ってやっと一カ月の四月二十二日、ふたりは結婚します。新居をもつゆとりはなく、最後は岩国で借りた部屋の二週間です。

「もしぼくが死んでも、君はけっして未亡人なんかで一生通すんじゃないよ。前途有望な青年をみつけて、かならず結婚してくれたまえ」。最後に別れるとき、三上は言ったそうです。

アメリカ側には、三上夫妻とおなじように「まぼろしの蜜月」を送ったチャールズ・ブラノン予備少尉とドロシーがいます。チャールズは「行方不明になったという連絡があっても二度と帰ってこないなどと思わないで。捕虜になっているかもしれないから、戦争が終るまで再婚してはいけない」と冗談ぽく言ったといいます。ドロシーからカナダのトロントで聞きました。

日米の短い結婚生活を送った男たちは、死を目前になにを感じていたのでしょうか。

三上家の長男・良臣の妻は、敗戦目前に疎開先で亡くなっています。戦後、ベルリンで商社勤務中にドイツの敗戦に出会い、技術将校の肩書から連合軍の捕虜になった三上良臣がアメリカから帰国します。留守宅には長男と、父の不在のあいだに生れた長女がいました。美都さんは、おさないふたりの子と戦後の社会で生きる道をさがしていた義兄の良臣と、ミッドウェー海戦から五年後に結婚します。そして、美都さんはただひとりの子敦正を生んでいます。このひとも二〇〇七年に亡くなりました。

去年の九月三日、いただいたバースデイ・カードの署名がゆれていて、春にガンで「四カ月」と医師に言われていることに連想がはたらき、三上家へ電話しました。出たのは長女の真喜子さんで、「母は、亡くなりました」と言われました。からだを起して書いた最後の手紙がバースデイ・カードだったのです。

のこされた妻たちの多くが、どんなに苦労して戦後の社会で生きてきたか。掃除婦や日やといも辞さずに子どもを育ててきた人がいます。その具体的な話を『滄海よ眠れ』に書きました。

美都さんの死に、まだ立ち直れない気分です。彼女が自分で書いた「死亡通知」がとどきました。万端手をつくして九十四歳の人生を終えたのです。

彼女はわたしにとって、ミッドウェー海戦の象徴のような人でした。

二〇一四年の六月五日、九品仏《くほんぶつ》のお寺へ行こうと誘ったわたしに、「いまは病気ととりくみたい、彼は許してくれると思います」と手紙があり、雨の日、わたしはひとりで良孝さんのお墓参りにゆきました。

今年の六月五日、彼女もまつられている墓域へゆき、ミッドウェー海戦にかかわる人びとを偲んできます。

二〇一五年五月十七日　　久枝

第八信　トンボの複眼——日系史に導かれて

澤地様

憲法「九条の会」呼びかけ人の一人である澤地さんとは、今年、二〇一五年で七十年という節目の年か否かにかかわらず、終戦に触れる会話はたびたびありました。でも、その四年九カ月前にあたる日米開戦の記憶についてはほとんど話すことがなかったですね。

これまでのお手紙で澤地さんは一九三五年に一家で満州へ、そして十一歳のとき開戦と触れています。そのとき三歳半だった私には、日米開戦の記憶は皆無です。というよりも、私の真珠湾攻撃は、思うに開戦からかぞえて二十三年後、思いもよらない場所での出来事へと一転しています。

それはまだケンブリッジ市に滞在していたときでした。急に歯が痛くなり、近くの歯科のドアを押しました。日本人を見るのがまだ珍しかったころ、古い木造二階の治療室で中年の歯科医は、治療椅子で身を固くしている私に、「ジャパニーズ?」と開口一番尋ねました。そして、そのあとでの虫歯処置の最中、分かりやすいように言葉を切りながら、次のように言ったのです。

「あの日、私は戦艦に乗っていた。大勢の仲間が、いまだに、パールハーバーの底に沈んでいる」

一九四一年十二月七日(ハワイ時間)、オアフ島真珠湾攻撃の早朝、彼は日本海軍の「奇襲」で沈没した米軍艦に乗る若い水兵の一員であった。という意味を私は瞬時に、英語を母国語とする者のような機敏さで、理解していた。歯をけずる電気ドリルの音に身をゆだねながら、それは全面降伏状態での出来事でした。

その後に治療に通った記憶はありません。一回で済む程度の小さな虫歯だったのです。とはいえこの出来事は、渡米してまもない私には忘れがたい、正に敵国での「逆襲」シナリオでした。

時のフランクリン・ルーズヴェルト大統領が翌日の米議会で「汚辱の日《デイ・オブ・インファミー》」と訴えた日本海軍による奇襲では、米戦艦「アリゾナ」をはじめとする多数の軍艦が沈没、瞬時にして二千三百余をこす米兵が命を落としました。「リメンバー・パールハーバー」は、「終戦七十年」をむかえた現在ではぐっと縮小したとはいえ、アメリカ各地の海軍戦友会が音頭をとってくりかえされる、一年に一度の国家的フレーズです。私は日本へ一時帰国していないかぎり、毎年それを聞かされてきました。

前にもお話ししたように、私たちは長いこと、ピーターの研究課程の関係でほぼ三年おきに一年というサイクルで、東京暮らしでした。『東京ローズ』(一九七七年)は白金台の東大外国人宿舎時代というように、「リメンバー・パールハーバー」をどちらの国で聞いたか、それを自分の作品に重ねて記憶しています。

第二次世界大戦で戦った日系兵の物語『ブリエアの解放者たち』(一九八三年)を月刊「文藝春秋」に連載したのは一九八二年三月から十月。澤地さんの自宅とは一駅違いの借家で、一度ならずおじゃまさせていただきました。

『東京ローズ』から三冊目のノンフィクションでは、「背後から刺したダーティ・ジャップ」と化した日系アメリカ人に焦点をしぼり、戦争というものを私は見つめはじめています。

アメリカのような多民族国家にとって戦争とは何を意味するのか。自分が生きた時代を追体験する旅の第一歩です。

「フランス北東部を走るボージュ山脈は、一見のびやかな山並みである。ところどころに平坦な農地や牧草地が開け、教会を中心として何十軒かの農家がかたまる村落が散在する。そのなかのひとつブリエアは、人口四千ほどの小さな町である」

と、私は『ブリエアの解放者たち』を書きだしています。町の名前は、フランス式の発音では「ブリュエール」。一九七九年九月初旬、私をブリエアの森へと旅立たせたのは、その二年前に目をひいたロサンゼルス・タイムズ紙の、五センチ四方ほどの小さな囲み記事でした。

「元日系兵、フランス地元民と再会す」

第二次大戦中にヨーロッパ戦線で戦った日系「二世部隊」が、「フランスで解放した地元民との、戦後三十数年を経ての再会に涙を流した」、と記事は伝えていました。英語流に「ブリエア」と森の中の町を呼んだのは日系兵でした。彼らをして遠く故国を離れたヨーロッパの山中へと導いたのは、一体どんな過程であったのか。そしてブリエアの森の人びとにとって、日系兵はいかなる解放者であったのか。

首都ワシントン郊外アーリントンにあるアメリカ最大の国立戦没者墓地を訪れたのはブリエアを訪ねた直後の、アメリカの自宅を基軸とする生活にもどったころです。取材レコーダーだけを相棒に、ひきつづき日系アメリカ兵の墓標をさがす旅は、アメリカ国内だけでなく、フランス、イタリア、そして日本へとつながります。

ヨーロッパには第二次大戦で戦死した米兵の墓地が十四カ所もありました。しかし参戦地区だけにかぎっても日系兵の墓標はほとんどみつかりませんでした。それは戦死した日系兵が少数だったことを意味してはいません。日系戦死者の親、つまり移民労働者である日系一世が、祖国の慣習にしたがい、自分たちが暮らすそばに墓を移すことを望んだからです。

国立太平洋記念墓地は、ホノルル市を一望するクレーターにつくられています。そこに眠る戦没兵の多くは、第二次大戦下に「アメリカの軍服を着たかれらの息子＝二世」です。愛称パンチボウルの名前で知られるこの墓地は、後の朝鮮戦争、ベトナム戦争をふくむ日系青年の墓場でもあります。

日米開戦を「汚辱の日」とした大統領は、その約二カ月後、アメリカ西部地区の日系人十二万強を強制隔離する収容所令を発令しました。一方、このころアメリカ領土ハワイ準州の守備にあたったのは、開戦以前に地元から徴兵した三千名余の国土防衛軍でした。そのうちの千四百三十二名が日系二世から編成されたハワイ準州「第百大隊」です。

真珠湾奇襲と同時にアメリカ本土司令軍を直撃したのは、ハワイ沿岸に日本軍が侵入する可能性でした。同じアメリカ軍服を着て国防軍を装い日本軍が侵入した場合、いかにして見分けがつくか。

そのためハワイ語で「百」を意味する「ワン・プカ・プカ」で知られた国土防衛軍は、六月のミッドウェー海戦前に米本土へ移転されています。秋には連合軍第五軍下に編入され、サレルノ上陸を初陣にイタリア最前線に配置されます。以後、従軍記者たちが「真珠湾からのモルモット」と注視したハワイからの日系部隊は、戦死者数をかさねながらも、きわだつ戦勝成績をあげて前進しつづけました。

「忠誠なるアメリカ国民ならば何人も、祖先のいかんにかかわらず、国民としての責任を行使する民主的権利を否定されるべきではない」というあらたなレトリックでルーズヴェルト政権が、日系兵からなる第四四二歩兵連隊計画を発表したのは、第百大隊のサレルノ上陸から四カ月後のことです。

親きょうだいを鉄条網のなかに隔離した状態のままで、十八歳以上の日系青年に「自ら志願して戦場をめざす権利」をアメリカ政府は選択させた。自分たちの命で、父母の市民権をかちとる道を選ばせたのです。

戦闘経験にたけた第百大隊を第一部隊に組みいれた第四四二連隊は、「当たって砕けろ《go for broke》」をモットーに、イタリアでのカッシノ戦をへて、フランスのマルセーユへ上陸、ブリエア戦でテキサス白人部隊の救助へかりだされる。そのブリエアの森で多数の戦死傷者をだしたあとも、イタリアへもどり、ジュノアで終戦を迎えています。

かつての第五軍マーク・クラーク司令官はチャールストン市の自宅でインタビューに応じたとき、「アメリカ戦史を通してもっとも多数の勲章を授かった部隊」と日系部隊を絶賛しました。第四四二連隊は、一万八千個以上の勲章に加え、あわせて七つの大統領殊勲感状を手にしました。やがての帰国で、連隊はホワイトハウスの芝生に整列して七回目の大統領感状を授与されています。しかしこのときトルーマン大統領から「アメリカのベスト部隊」の賞賛を聞いた大半は、終戦直後にアメリカ本土の日系強制収容所から徴兵された補充兵でした。

「日系兵の再会」という五センチ四方の小さな記事に促されるようにして、私は取材を開始しています。

取材でまずぶつかったのは、戦友会という厚い壁でした。個人的に接触した第四四二連隊生存者の返答はそろって「戦友会から許可をとってくれ」という返答でした。

戦友会は、本土出身兵からなる第四四二連隊本土戦友会に第四四二連隊ハワイ戦友会、さらにハワイ出身者からの第百大隊戦友会に分かれています。私はまず、ロサンゼルス地区を基盤とする米本土戦友会へ出向くようにとの返答を得ました。

数週間後、ロスのジャパンタウンで連隊本部に加え、その下部に位置する各中隊代表三十名ほどにかこまれ、私は立って、執筆意図を説明するように求められました。それまで日系連隊に関心を示さなかった「父母の祖国(日本)」が戦後三十年近くなったいま、いかなる意図でのアプローチなのか。最初の問いは、すばやく結論へととって代わりました。

「女性が、戦場を理解できるはずがない、戦闘を書けるはずがない」

戦友会はなによりも、女性ライターの出現に困惑をあらわにしました。

結論がないままに終わるかと思われたとき、名前ではなくて、「大佐」とだけ皆からよばれた人物の声を聞きました。「自分ともう一人の戦友会幹部にしぼって、彼女と話をさせてほしい」、という提案でした。そして一時間ほどのやりとりのあと、もどった戦友会の席で、大佐は速やかに言葉を結びました。

「Why not a woman? Why not a Japanese?」

なぜ女性では、いけないのか。なぜ日本人ではだめなのか、とくりかえしたあとかれは付け加えています。「彼女《she》に、機会を与えてはどうか」。この人が、キム大佐でした。のちに知ったのですが、大佐の実姉はブロードウェイでトニー賞を幾度も受賞した、著名な舞台衣装デザイナーでした。女性の仕事に早くから理解のある生い立ちでした。

第二次大戦時、人種で分別された米兵部隊は黒人師団と日系連隊だけでした。米軍は隊を組むには数が少ない中国系や韓国系を「同じ黄色い顔」の「迷い子」のように扱い、第四四二日系歩兵連隊にときどき送り込んでいます。粗雑なこの扱いに、祖国を日本に占領されている「迷い子」たちはそろって即時に他の部隊への転入をもとめ、姿を消したそうです。そのなかで「OK、問題ありません」として第百大隊に残った唯一の例外が、ヤング・オーク・キム将校です。

キムには「黄色の肌」として、ロサンゼルス市YMCAのプールから締め出された少年時代の思い出がありました。似たような体験をもつ第百大隊の日系将校たちとは第一日目から、なんのトラブルもなくうちとけています。一兵卒にはじまる日系兵たちとは、訓練期間中はそうはいかなかった。だが前線に出てからの反応は一変しています。「キムとならばどこへでもついて行く」という敬意の言葉を、ワン・プカ・プカの古参兵の誰からも私は聞きました。「キムと一緒ならば命を無駄におとさずに帰還できると信じた」。

ノー・マンズ・ランドと軍用語でよぶ、どちら側にも属さない中間地帯でキムは超人的な活躍ぶりをみせた、と配下だった日系兵たちは語りつづけました。

双方の守りが固く、一人も捕虜がとれていなかったとき、すでに作戦将校となっていたキムは兵を一人だけ伴って夜の闇に消えた。この任務に選ばれた一人であるアカボシ一等兵は、熊本からの移民の子でした。それから三十数年をへてニューヨークで取材に応じたときは、宝石細工職人となっていました。いかにも無口な彼が、まるで人が変わったような饒舌さで語ったのは、キムの後ろについて闇の中を這い、空がかすかに明けだしたころ機関銃巣の周辺で口をあけて居眠りしているドイツ兵の、その口の中に軽機関銃を素早く押し込んで捕虜としたエピソードでした。

第五軍師団司令部ではこの連絡が入った時点で、二人に殊勲十字章を決定しています。第五軍マーク・クラーク司令官がヨーロッパ全戦線で記憶している将校の一人が「日系部隊のキム」でした。

しかしロサンゼルスで私の執筆「意図」を確かめたがった第四四二連隊戦友会のなかに、私への懸念があって当然でした。日系部隊におけるキムの存在を私がいかに受け止めるか。

キムは自分の手柄話をいっさい語りませんでした。自ら語らなくても、彼の配下の日系兵たちが時を忘れて語らずにはいられない存在でした。日系部隊を書くにはカッシノ戦、さらにブリエアの森でのテキサス部隊救助戦を抜きにしては不可能です。韓国系将校キムに焦点をあてることなく、日系部隊の戦闘を描くのは不可能だったのです（キムはブリエアで負傷、朝鮮戦争でも駆り出され、大佐に昇格）。

「彼女《she》にチャンスを」、というキム大佐の励ましから四年余り、私はアメリカおよびハワイから参戦した約二百五十名の、日系の一兵卒から白人に限られた連隊長および部隊長、さらにはヨーロッパ戦線総司令官までの日系部隊関係者を取材する機会を得ました。

「真珠湾攻撃の日、あなたは何をしていましたか」とはじまる第一問を、アメリカ各地の個人宅で問うただけでなく、ホノルル、ロサンゼルス、サンフランシスコ、ダラス、ラスベガスにおける軍人会リユニオンでもくりかえしました。取材ノートには哨戒、斥候にはじまり自走砲弾、迫撃砲の使い方など初歩的軍隊用語にはじまり、戦場での図を描いての説明など、誰にでも質問をぶつけ、丁寧な教えをうけました。

フランス戦線では、日系兵がナチ占領から解放した村人たちの他に、日系兵の捕虜となったドイツ兵を加えた約五十名からも詳細な経験談をきかせていただきました。

ブリエアの地元の人が見たのは、隠れる場所もない一面の牧草地を「小さなウサギのような機敏さで、砲弾をあびながら進んで行く」、褐色に日焼けした「黄色の米兵」でした。

ブリエアの森から町へと至る手前には「第四四二連隊通り」と命名された小道があり、その入口に立つ記念碑には、フランス語と英語の二カ国語で次の文字が刻まれています。

「この碑を米軍第四四二戦闘連隊の兵たちに捧げる、国への忠誠とは人種のいかんにかかわりのないことを改めて教えてくれた彼等に」

いまで半世紀前、あの日の歯の痛みは記憶していません。でもケンブリッジの歯科医の治療椅子で息をとめた記憶は鮮明です。

世界地図を自分の足で見て回ることにあこがれ、日本人としてのアイデンティティを意識しないいまま、私はアメリカの空気を吸っていた。

私を「日本人」と確かめると、歯科医の口からもれた「彼の真珠湾」。自分の国の歴史との思いがけないその対面は、いかに静かな口調でも、私にとってのwake up callでした。

自己の原点をより身近な日系史へたぐり寄せ、ともかくも駆け出した第一歩。トンボのような複眼の視野を持て、とつぶやきつづけながら。

二〇一五年六月十八日

昌代

第九信　国会前へ――わたしの祈り

昌代様

いま七月二十二日の午前六時です。

アメリカへ帰られてから、ごぶさたつづきで、どうしたのかと不審に思っておいででしょう。あなたから電話があり、「声が出ない」と言われました。これまでに聞いたことのない低いかすかな声でした。途中で切れました。なにが起きているのか、見当もつかない不安のままおたずねもせず、そこへ第八信が届きました。

あなたのアメリカ体験が書かれていて、日米双方の胸の内をよく理解できると感じました。

一九八六年六月、ミッドウェー海戦の慰霊の旅に出て、ハワイに入港。訪ねたのはオアフ島のアリゾナ・メモリアルで、ボートで慰霊堂へはこばれました。そこは戦艦「アリゾナ」の沈没地点で、重油をはきつづけていると資料にありましたが、白ずくめの施設と静かな海の記憶があります。

そのあと記録映画を見、館長から「日本からおいでの皆さん、お立ち下さい」と言われて、わたしたちは起立しました。

館長の話。「今日われわれは、日本からの客を迎えた。彼等は空母「ヨークタウン」の沈没地点でも慰霊祭をいとなんだという。これまで、われわれ側の死者を追悼することだけをやって来たが、これからは戦争そのものの犠牲者を考えてゆきたい……」

過去にとらわれたまま生きている人があります。日本もアメリカもおなじです。

あなたが声を喪っていたのは、帰米直後に「孫からもらった」重篤なカゼのせいで、もうほとんど回復したとわかり、一安心。当方は、鳥越俊太郎さんの電話がきっかけで、全国に呼びかけることになり、かつてない忙しさでした。呼びかけの文章はわたしが書きました。

アベ政権の非道に、主権者一人ひとりの抗議の意思を全国でいっせいに示そう。

二〇一五年七月十八日(土)午後一時。

「アベ政治を許さない」。文字は俳人の金子兜太さんが書いてくださいました。

一枚のコピーからメールを使って何人、何百人にでも。

東京は国会議事堂前、その他主要駅頭などで。

全国すべての場所、会合、街、村、駅、隣近所の戸外で。ひとりでも勇気を示すことはできます。

このコピーを一人ひとりが道行く人に見えるようにかかげるのです。ひとりで悩んでいる人、誰にも声をかけられない人はわが家の前で、あるいは窓辺で。示すのは勇気のいる世の中かもしれません。

「許さない」勇気が試されます。政治の暴走を止めるのは、私たちの義務であり、権利でもあります。(澤地久枝)

俳人の金子兜太さん（九十五歳）は、御自身の思いをこめて、じつに迫力のある見事な色紙を書いてくださいました。手紙とファックスで心あたりの人たちへ連絡をとっているわたしに、メールでやれば全国につながると声をかけてくれた人があり、以後、兜太さんの書を含む呼びかけ文が全国へひろがってゆきました。記録に残したいので、呼びかけ人を書きます。

瀬戸内寂聴　金子兜太　落合恵子　小山内美江子
小森陽一　鳥越俊太郎　渡辺一枝　朴慶南　小出裕章
池澤夏樹　窪島誠一郎　崎山比早子　いせひでこ
石原昌家　浦田一郎　西山太吉　むのたけじ　村田光平
横湯園子　椎名誠　上野千鶴子　なかにし礼　高畑勲
松元ヒロ　浅田次郎　日野原重明　湯川れい子　佐高信
鎌田慧　雨宮処凜　森村誠一　浜矩子　宇都宮健児
池田香代子　崔善愛　神田香織　福島瑞穂　照屋寛徳

志位和夫　黒田杏子　柳田邦男　豊島耕一　横井久美子
加藤哲郎　山口二郎　古賀茂明　武藤類子　木内みどり
妹尾河童　玉井史太郎　上原公子　大石芳野
もろさわようこ　坂田雅子　宮子あずさ　高橋哲哉
河合弘之　牧太郎　林郁　山本宗補　小林節
渡辺治　中野晃一　小室等　早乙女勝元　本橋成一
糸数慶子　岩崎貞明　樋口聡　新崎盛吾　永田浩三
山田朗　森まゆみ　青木理　吉田忠智　細谷亮太
倉本聰　アーサー・ビナード　前田哲男　井出孫六
野見山暁治　大脇雅子　石川逸子　新谷のり子
辛淑玉　高橋竹山　有馬頼底　平山知子　三上智恵
竹内修司　北村肇　色平哲郎　鎌仲ひとみ　石川文洋
門奈直樹　桂敬一　神山征二郎　赤嶺政賢　有田芳生
穀田恵二　原寿雄　柴田鉄治　川﨑泰賢　中尾庸蔵

見城美枝子　林克明　矢口周美　斎藤貴男　永六輔
須田春海　堀絢子　石坂啓　関千枝子　大治浩之輔
宇井眞紀子　大林宣彦　西田勝　色川大吉　本多静芳
近藤昭一　江成常夫　岩上安身　山崎朋子
城戸久枝　澤地久枝　（百二十五人）

落合恵子さんのクレヨンハウスのレストランで、沖縄から始まって、知人のいる県をあげ、誰もいない県はどうするか話し合いました。二人でカバーしきれず、県名を書き上げたものの、完全に落ちていた県がいくつか。二人とも小学一年生のクラスねと笑ったのが六月十七日です。みんなそれぞれの仕事をしながらよく働きました。わたしのホームページもつくられました。

学生や若者たちは集会をはじめ、東京や京都などにシールズ（SEALDs――Students Emergency Action for Liberal Democracy-s の略）が生れます。若い人とのつながりをということが、この十年余の九条の会の悲願めいていました。

六月十九日夜、シールズの人に呼びかけるべく、国会前へ。これは推薦文を書いた出版社の人の紹介があってのこと。

「何歳ですか?」「八十四歳です」「八十四歳のさわちっていう人です」と紹介されて、「七月十八日午後一時、全国一斉に呼びかける」ことを話しました。ポスターを手に、です。演壇にあがり、若い人たちの眼を見たら、失神寸前みたいになりました。渋谷のハチ公前のシールズ集会では、満員の参加者に押されて立ちながら、呼びかけをせねばとあせりつつ、ついに言えなかった。ゲストの政党代表の発言がつづいていました。雨宮処凜さんも押されている一人でした。

若者の声のつよさ、はげしさに圧倒され、とぼとぼという感じで帰宅。つぎの日「オキラレナイ」と日記に書いて、渡辺一枝さん主宰の会「福島の声を聞こう!」を欠席しています。

つまり、日本中に安倍批判がつよまり、それがひとつにまとまらない状態、「湧きたつカオス」を感じていました。

六月末には、呼びかけ人が六十人近くなり、さらに人から人へとひろがっていったのです。

久しぶりのわたしの本『14歳〈フォーティーン〉――満州開拓村からの帰還』(二〇一五年)が出版され、著者インタビューがかさなりました。そして、記者会見の話が鳥越さんから伝えられました。

記者会見に出席を求められたことは幾度かありますが、仕かけ側は生れてはじめてです。日本記者クラブの会議室でと示唆する人があり、七月八日の午後三時に決定。ギリギリの申込みでした。出席できた呼びかけ人は小林節、落合恵子、村田光平、渡辺一枝、神田香織、鳥越、澤地の七人。

マスメディアがほとんど安倍批判をしないなかで異議申し立てをするべく、この日の「会見」でしたが、NHKは終始完全に黙殺。翌朝、「東京新聞」から電話で、呼びかけ文中、コンビニエンスストアでポスターを印刷するネットプリント予約番号、末尾の9が0であると知らされました。

呼びかけ文の配布さきは、インターネットでひろがっていて把握できていません。「東京新聞」の記者は読者の電話に御自身でコンビニに行って試してみて、9は0であると確認されたのです。恥かしいのと申し訳なさで、よろめきました。しろうとがウロウロやっている感じは、周囲の人たちに見え見えだったのでしょう。それでも自分たちだけでやろうとしていました。

一度、落合さんから体調の不具合が伝えられ、彼女としてはめずらしく二日間寝ることになりました。真っすぐ歩いているつもりが、かたよってゆき、目がまわると言うのです。わたしは三半規管の失調と直感（私も編集者時代に経験、つまり過労です）、「お医者さんへ行って」と言いました。彼女は相変わらず元気ぶっていますが……。

台風が三つも近づいてきました。なかでも十一号が大型というので、万一上陸されたら、7・18の午後一時に戸外で立つことなどできなくなって、すべてが「破壊」されます。わたしに念力は、ありません。やるのは「見える」行動なのです。日本列島のどこに上陸されても「駄目」になります。

祈っていました。しかし台風は高知に上陸、さらに岡山へと縦断してゆきました。

国会は七月十五日特別委員会で安保関連法案の強行採決。十六日、自民・公明両党の多数の賛成で衆議院を通過。昨年七月一日閣議決定の集団的自衛権その他の「成立」です。

テレビでの委員会の採決画面に、野党議員が「強行採決反対」などの手持ちプラカードをかかげましたが、そのなかに兜太さんの「アベ政治を許さない」がありました。

オバマ大統領と会談した四月、安保法案を夏までに成立させると安倍首相は言ったのです。国会は九十五日間延長、前例のない長さになります。あなたに電話をかけたのは、「その前日」、七月十七日でした。台風が去って、各地を猛暑がおそっていました。暑いとも思いませんでした。

十八日、国会議事堂正門前へ。一時を目ざして次第に人がふえてゆきます。この日曇天で強い日ざしがないことに助けられたと思います。東京のＪＲ駅前の何カ所かで、中心となる人が立ったはずです。渡辺一枝さんと仲内節子さんが麴町警察署にいっせい行動すると届けに行き、届けの必要はないこと、すぐ隣の麴町消防署にも挨拶に行くほうがいいと伝えられ、きわめて友好的だったと電話がありました。消防署は救急車出動にそなえてです。

大分県は「赤とんぼの会」が呼びかけて九カ所でいっせいに行動、会津若松では五百人の集会があるので、鳥越さんとわたしにメッセージをとの連絡がありました。

「アベ政治を許さない」のポスターは全国にひろがって、学者の会見の席でもその他でも、抗議の席では必ず誰かがかかげています。兜太さんの文字の圧倒的なつよさを感じます。

十八日の夕刊に間に合う時間に、「アベ政治を許さない」をいっせいにかかげ、声に出してくりかえしたのです。しかし、東京の夕刊にはなにひとつ出なくて、帰宅後、ちょっと横になったつもりが、目が覚めると夜の九時半過ぎというテイタラクでした。

十九日の朝刊は各紙一斉に報じました。なかでも「しんぶん赤旗」は志位委員長以下党幹部と本部勤務の人たちが揃ってポスターをかかげる写真、ベビーカーの赤ちゃんの前にかかげたものなど十枚の写真入りです。

「朝日新聞」はポスターを手にした兜太さんの写真に「『戦争を経験させてはいけない』揮毫した俳人・金子兜太さん」の記事をのせています。「東京新聞」は国会議事堂を背景に「列島　政権にノー掲げ／全国で／安保法案・原発再稼働／「政治手法許せぬ」国会前には五〇〇〇人超」の記事と、全国各地の「アベ政治を許さない」行動の写真八枚がのっています。「毎日新聞」も「声を上げることが国会を動かす／反「安倍」拡大／全国で一斉抗議」の記事。

　上野千鶴子さんから記録を残したいとメールが送られてきて、当日の写真とレポートを募集。わたしたちもホームページを開きました。十九日現在投稿は六百件をこえ、新しい受けつけを中止しています。パソコンの許容限度をこえました。

　写真の六百枚は壮観です。みんないい笑顔です。小学生、中学生たちもまじっています。愛犬の背中にポスターをかかげた写真もあります。

　東京都「住宅街で近所の目も気になりつつ、でも今止めないとぜったいに後悔するという思いで掲げました。皆さん！　踏ん張りましょう」

　京都府「家の窓に張りました。沢山の車と通学路の子どもたちが見てくれます。子どもたちを戦争に巻きこみたくない。子どもたちに、もっと日本の政治に関心を持ってほしい」

　「産後間もない私ですが、愛する子どもたちの未来のために黙ってはいられません。家の窓にポスターを貼るなら出来ると思って貼りました。違憲かつ世論の圧倒的多数の反対の声を無視しての安保法案の強行採決、国民主権・民主主義・平和主義を無視する安倍政権に断固反対します」。発信地不明の人です。

山口県宇部市の四十三人、岡山県倉敷市の百三十四人、長野県信濃大町駅前の百人、広島県の「慰安婦問題」上映会場前の三十人、新潟駅前の三十人、北海道旭川街頭の八十人、東京では江東行動大集会四百人、愛知県春日井市ＪＲ勝川駅前の三十四人、埼玉県浦和駅前十人、茨城県取手街頭九人など。

東京小金井市「一緒に掲げようと思いながら、でもやっぱり自分の言葉でも表明したいと思いました。考えて久しぶりに習字道具を引っぱり出し、一字、一字をしたためながら、怒りや悔しさ、恥かしさ、友人、家族、これからの未来を想像しました。字を書くとは、祈りだったことを思い出しました。これは自分への宣誓でもあります。私たちは戦争しない。愛と知恵でたたかい、平和を実現します」

山口県新下関駅前「帰省客や旅行者が多い中、皆さん目を止めて下さいました。車椅子の後ろにもポスターを貼ってます」

北海道札幌市「飲食店をしています。勇気を出して主人と二人で。恥かしくて五分も立っていられませんでした。営業時間とかぶってなかなかデモに参加できなかったので少しでも意思表示ができてよかったです。全国のみなさん頑張りましょう」

滋賀県近江今津駅「あいにく台風一一号の後遺症で雨が降り続いており、唯一の交通機関湖西線も不通で、駅校内はほとんど人気がありませんでした。居合わせた高校生二人にも参加してもらい、家内をふくめてわずか四人のデモでした」

広島県廿日市市「交差点で五人で。人口減少著しい地域ですが通行車輌はとぎれず、車の中から手を振ってくださる人が何人も」

沖縄与那国島「日本の最西端から。アベ政治を許さない。島内三集落で取り組みました」

宮城県富谷町（現・富谷市）「やり始めて五分程は心臓がどきどきしましたが、時間がたつにつれ鼻歌が出るほどリラックスしてスタンディングできました」

北海道稚内「観光客にも見ていただきました（日本最北端の碑前で）。……末広がりにつづけましょう」

十月に九十五歳になるお母さんも参加したという人は、「見物していた人が拍手をしてくれました。土砂降りにあいながら、飛び入り参加者と一緒にできて、小規模でも各駅でやってよかった」と書いています。東京の地下鉄で一時になり、「車内の座席で掲げました。一人でやるのは勇気がいったし、かなり視線が集まるのを感じましたが、モジモジするのもかっこう悪いので堂々と」という人もあります。

千葉県南行徳駅前「一時はピアノレッスンでできないのでフライングです。二月の女の平和にも赤いスーツ着て行ったよ！　小学三年女子より」

延々とつづく文字。すべてを引用したい気持です。

国会前では、カンパが百万円をこえました。記者会見の会場や当日のマイク、スピーカーの費用は、鳥越さんと折半しようと思っていたので意外でした。集まった人たちの思いの熱さを感じます。

呼びかけはまだ終わらないのです。安倍内閣退陣、法案廃棄を求める声が圧倒的です。「これがはじまり」の声の多いこと。

わたしは五月に行なわれた沖縄の「辺野古新基地建設反対沖縄県民大会」の写真、明るいブルー地に白抜きの文字「屈しない」に心を打たれ、本土でなにが出来るか、ヒントをもらったのです。沖縄も本土も、ひとつになろうとしています。

でも、クタビレマシタ。帰宅して仏壇にお線香をあげ、「生かしてくださって、ありがとう」とわたしは言いました。死んだ誰に言っているのかわからないと思いながら。祈る習慣のない人間の「祈り」の形とは、こんなものなのですね。

二〇一五年七月二十二日　　　　久枝

PS

一度きりのつもりでしたが、ますます「暴走」する安倍政治になにかをしたいと考え、十一月からスタンディングを再開しました。この日、わたしは長野の満蒙開拓平和記念館へ講演にゆき、午後一時は移動の最中でした。山ぎわのそば屋で昼食をとり、一時を待って「アベ政治を許さない」とかかげました。そば屋の店内におなじポスターが何枚も張ってありました。一年をこえて、まだわたしたちはつづけています。

第十信　司馬遼太郎さんの「日本語文章」

澤地様

東京では、異常なほどの暑さがやわらぐころでしょうか。ここシリコンバレーは九月にはいり、「インディアン・サマー」といわれるみじかい暑さをふたたびへて、秋にむかっています。

澤地さんは平和運動のためにホームページをたちあげたとか。年齢にどうじないその気力にうたれます。それにしてもワープロは、初歩的なことでも一方的なのみこみ判断をおしつけてきます。私は日本語仕立てのワープロをみると、はじめからしり込みする英語圏のPCエキスパートを相手に、あいかわらずの苦闘です。

手書きにしろ、日本語とのトラブルはつきることなしです。

私は、女性に向かないテーマにばかりとりくむと評されてきました。とするとテーマは文体を選ぶのかなと思ったことはあります。

一九六三年に渡米、その後の五年間は一度も日本へもどっていませんでした。それから三、四年ごとに一年の日本生活がつづき、二〇〇〇年代になると毎年の春秋に数カ月ずつ京都に滞在する生活となっていきました。日本語でものを書く仕事にそれがどのような影響を与えるか、いつも考えざるをえない「選択」の問題です。

日米に暮らす立場から、私が追求してきたテーマはいずれも、「国にとって、私という個体は何なのか」という問いでした。その流れのなかで立ちあがる出来事を、最終的には公文書で確認していく過程を一冊の本にまとめてきました。

米首都ワシントンのアメリカ国立公文書館（記録管理局）をはじめて訪れたのは、いまから四十年前、『東京ローズ』（一九七七年）関連のＦＢＩ捜査資料を調べるためです。威厳のあるライムストーンの建物は、あらたな仕事にとりくむたび、その第一歩を模索する学びの場と心得てきました。

私にとってノンフィクションの醍醐味は、長いこと探しもとめていた資料を手にしたときです。何十年と資料室でねむらされてきた生《き》の素材との出会いです。

『日本の陰謀――ハワイオアフ島大ストライキの光と影』（一九九一年）は第一次大戦を背景に、ハワイで砂糖きび畑労働者の多数を占めた日本人移民がひきおこしたストライキに端を発しています。

ハワイ砂糖耕主組合は、京大を卒業後、日本語学校長として現地入りしていたハワイ日本人労働団体連盟会リーダーの指導力に驚愕、労働争議を「日本政府の陰謀」と決めつけました。それから四年後、白人寡頭支配のハワイ準州は米議会で、いかにして労働争議を排日移民法通過へとつなげたのか。私はまずそれを法廷記録で見きわめようとしています。

長年の個人的ないがみあいからダイナマイトをしかけた日本人同士の事件を、連盟幹部のしわざにすりかえ、耕主組合は二十一名の連盟幹部を「暗殺団」の名前のもとに起訴、すばやく有罪の宣告が下ります。

その肝心の法廷記録は、取材開始から二年すぎても不明のままでした。公判の場となったオアフ島第一巡回裁判所は何度訪れても、「保存場所に窮し、半世紀以上をへた記録は十数年前にすべてダンボール箱につめてごみ処理センターに廃棄した」という返答をくりかえしました。

存在しないといわれた文書がでてきた経験が過去にある者として、この返答をうのみにはできません。というより、法廷記録がでてこないかぎり、冤罪の証拠がためは不可能、という事情をかかえ、「待つ」しかありませんでした。

『日本の陰謀』に登場するハワイ砂糖きび畑労働者は、私の前作『ブリエアの解放者たち』(一九八三年)でヨーロッパ前線へかりだされた日系兵の父親の世代です。私の父は「米騒動」でしられる富山県水橋《みずはし》を故郷とし、大阪の薬大にかよう一時期、労働運動にかかわったそうです。ハワイでのストライキは、日本の歴史でいえばその大正期への、個人的関心にかさなる騒動でした。そうあらためて腰をすえ、さらに一年ほどがすぎたころです。思いもよらない一連の出来事が私を追いこしました。

わが家にピーターの学者仲間があつまった一夕、裁判所が破棄した古い法廷記録を「救助」したハワイ大学教授の話がでました。古いとはいえ公の記録をごみとして焼却することをためらった裁判所員から連絡をうけ、同教授はワゴン車でかけつけ、ごみ溜めへ送られる直前のダンボール箱を救った。その話をきいて数日後、私は出会ったばかりの教授の後ろから、ハワイ大学図書館地下の倉庫へと階段を下りています。

教授連が寄贈された古書、文書類をそれぞれあずけてある地下室は体育館ほどの広さで、その一番奥にほこりがたまったままのダンボールが山積みになっていました。教授の手もかりて、それらを祈る思いであけていきました。もとめる法廷記録はでませんでした。

地下室の鍵をあずかる規則上、戸口で待たなくてはならないハワイ系の事務員が催促するように鍵束をじゃらつかせだすと、教授は地下室の奥からひとつずつ電気のスイッチを切っていきます。その後ろにつづきながら、私は体をしばられるような息苦しさにあえいでいました。入口ちかくまで追いこまれた時です。足が硬直して一歩も動かないと同時に、本棚の合間に捨て子のようにうちおかれた二個の古いダンボールが目にはいりました。そのなかに千枚をこす冤罪の法廷記録が、私を待っていました。

ワープロを終日にらみながらの、日本語との闘いの日々が開始します。どこまで感情にかたよらずに、ノンフィクションとして堪えられる文章であるか。それは一方でノンフィクションの深度をさぐる時間でもあります。世代的には同年輩で、同じ北海道出身である当時の編集者は、顔をあわせるたびに、「北海道の女性だね」とひとり納得してみせる人でした。大学へと上京するまでふたりの弟相手にそだった故郷、それが何を意味するのか。文体がらみで自分なりに理解するのは、のちのことです。

ついに「三稿」となる最終稿をおえるのは一九九一年春。ピーターの仕事の関係で私たちは当時、京都での仮住まいでした。やがて年があけ、桜が開花する直前のころです。『日本の陰謀』で大宅賞受賞のしらせをうけました。

ノンフィクション作品のみを対象とする大宅賞で、澤地さんが最初の女性選考委員となっていたのを、このときに知りました。澤地さんは選評で、日本のノンフィクション界のありかたに忌憚のない意見を提示しています（「文藝春秋」一九九二年五月号）。

「四人の選考委員の評定が三対一とはっきりわかれ」「票決は、三回おこなわれている」「ノンフィクションとはなにか、また、大宅賞受賞に値する作品について、いちじるしく考え方に差があることが改めて露呈された」。最終的に『日本の陰謀』が受賞し、「ノンフィクションの独自な視点と実証性は、各専門分野の空白を埋める新たな具体的資料を生む。そのよき例証・成果というべき一冊である」

そのうえで長年にわたり母国語をはなれた環境下に四苦八苦している「文体」について、澤地さんは以下のように言及しています。

「長年の英語圏での日常生活で変型させられた一種の語り癖と、逆に無意識のうちにしっかり守ってきた古風な日本語のなごりがある」

その受賞のあとでの新潮学芸賞は思いがけない出来事でした。同賞の候補になっていたことも知りませんでした。人文科学と社会科学部門の著作を対象とする賞の選考委員は、安部公房・木村尚三郎・萩原延壽《のぶとし》・柳田邦男・司馬遼太郎。「新潮45」誌に載る選評はそのうちの一人が書くのが通例で、今回は司馬さんがめずらしく手をあげたとのことでした。

「高い水準の事実性」と題された司馬さんの選評は、見開き二ページの長さで、「明治・大正期、アメリカにおける排日運動や排日移民法成立の事情や真相を、私はなが年知りたかった。その渇きが、この労作によっていやされた」、と書き出されています（「新潮45」一九九二年七月号）。同時代に活躍した日米の代表的人物にしぼり、物語をよむような余韻がのこる文で、日米史をまとめています。

「私がこの本を読む以前、この問題についてのよすがは、小村寿太郎のつぶやきとジョン・スタインベックのことばだった。小村は、武士の世がおわってほどなくハーバード大学に留学した」「小柄な、風采のあがらない男が、アメリカ人から差別をうけたことは一度もなく……アメリカで排日問題が沸騰していたときも、軽々に言動しなかった。「アメリカについては、日本人の尺度で考えるべきでない」と、述懐していたといわれる」

一方のスタインベックは、「終生、アメリカとはなにかを考えた作家だった。かれはアメリカではかならず〝きらわれ者〟がつくられ、つぎの〝きらわれ者〟がやってくるまで標的にされる、という意味のことをいった」。

「それにしても、日系移民のきらわれ方は、しつこかった。一八九〇年代、太平洋岸に日系人がまだ数千ほどしかいないころからすでにきざしがあり、つぎの世紀の初頭、日系人の数が飛躍的にふえると（一九〇八年には十万人以上）その傾向がひどくなった」「ついには、州法で差別した。一九二〇年、カリフォルニア州は日系人に土地所有させないという排日土地法をつくったのである。さらにエスカレートして、一九二四年は、合衆国大統領が、日本からの移民を禁ずるという排日移民法案に署名した」「『日本の陰謀』は、そういう背景のなかでのこの問題をとりあげている」「ノンフィクション文学という、社会心理学や社会科学から栄養を充分に吸いあげたあたらしい分野が、この一作を加えることで、いっそう高い水準に達したといえる」

司馬さんとは『アメリカ素描』（一九八六年）取材の渡米のとき、ご夫人ともどもサンフランシスコ総領事館で一度、お目にかかっています。総領事夫妻に私たち二人、同行の記者と通訳という少人数のディナーで、司馬さんは日本近代史の学者であるピーターとの話がたのしそうでした。新潮学芸賞で司馬さんの名前を聞いたのは、サンフランシスコの出会いから七年をへてのことになります。

司馬さんはハガキで、授賞式には欠席する由の断りをくださいました。その後のこと、私は一度お目にかかっただけの司馬さんをめがけ、ダッシュしていたのです。

司馬さんは小説、歴史、ノンフィクション、随筆等の各分野で、明解で人を引きつける文章をかきつづけた文筆家です。その司馬さんが五一四ページにおよぶ『日本の陰謀』、つまり私の文章に目を通してくれた、という思いもかけない事実。私の目の前を瞬時のタイミングで通り過ぎようとしているその機会をやりすごすのは、司馬さんに失礼ということばをこえて、私自身の怠惰ではないのか。

私は司馬さんに、ノンフィクションを文章にする「助言」をもとめていました。以下は、二日後に司馬さんから受け取った速達便です。

日本語の文章（一般論もしくはドウスさんの文章）についてなにか言え、とおっしゃるので、書きます。

一般論としては、文章日本語は明治維新後（革命は、文章まで過去のものにするのです。成熟していた江戸期文章は、古いとされました）百年を経て成熟したと思います。すこし点をあまくしてあります。

小生は二十年前、ふと、文章は社会がつくる、あるいは共有される（むろん、文章は個人的な、そして個人の所有ですが）と考えたことがあります。（十九世紀がおわった）明治三十年代、泉鏡花と徳富蘇峰は、おなじ言語の同時代の人とは思えないほどちがっていました。維新後三十年では、日本の文章が社会によって共有されておらず（成熟しておらず）みな縄をなうように手作りだったことを思わせます。（たとえば、文章は多目的に応じられねばなりませんが――登山用ナイフみたいに――鏡花の文章はEC問題は論ぜられず、蘇峰の文章では、色恋沙汰は書けません）

成熟度の高い文章とは、たとえばフランス、ドイツ、英語のように、大統領が書いても高校の先生が書いても、だれが書いても、期末テストの問題として通ずるということです。

日本語については、一九八〇年代にやっと成熟したかな、と私は思ったことがあります。しかしその後、オシャベリコトバが一部で文字にされることが流行して、ああ崩れてしまった——とがっかりしたこともあります。

だから、なおも一人ずつが、自分で自分の縄を手づくりでなってゆく状態がつづいています。

「私は、文章日本語を成熟させるために、私かに努力しています」

ということが、文章にかかわる人のすべてにあったほうがよいと思うのです。

『日本の陰謀』を読んだとき、ドウス昌代さんの文章を、以上のようなつもりでも読んで、感心しました。この文章は、日本語科のテキストになるなあと思ったのです。やはり英語世界を、ひとりで苦しんで来られたからだと思います。

言語は、ネーティヴの人々のためにのみあるのではありません。地生えの人は、ときに地生えになえて、ゆるんだことをいったり、ヨタをいったりします。それが芸術的ならいいのですが、単なる排泄にすぎないことがあります。

だから、ドウスさん的環境が、ドウスさんの独自の英語と本づくりの文章日本語をつくっているのだと小生は思い、いい気持でながめています。

『日本の陰謀』のドウスさんの文章日本語は、火によってよく乾かされたレンガのようでした。どのセンテンスもむだがなく、ぜんたいの建物（西洋建築です）を構成するための謙虚で我慢づよいレンガになっていました。

小生は、いまから歯医者にゆかねばなりません。

このへんで。　きたない文字で。

七月十六日　司馬遼太郎

ドウス昌代様
御主人によろしく。

司馬さんの手紙は、名入りの原稿用紙三枚に万年筆で手書きされています。そのあちこちで袋のようにくくられた線びきの大小の楕円形。これら後書き挿入句は、最初から意図されたパズルのようにぴたりとおさまり、平坦な紙面を書画のようにたちあがらせています。

司馬さんはやさしかった、かぎりなく。同時に司馬さんは難解でした。何度も読み返しました。私の人生のコアの部分をみすえながら。

昨秋、この「海をわたる」往復書簡のうちあわせで、はなしたことのなかったこの司馬さんの心遣いを、私は澤地さんと編集者に語りました。「私信であることを超えて、日本語について頭をやわらかくして考えるきっかけをあたえる、意義深い内容だと思います」という編集者の感想をきき、自分と似た視点でノンフィクションをめざす人へ伝える言葉に、と願いながら。

二〇一五年八月三日

昌代

第十一信　ノンフィクションの苦しみ

昌代様

今年の秋は、はげしくて短いようです。

関東・東北はかつてない豪雨で、全域に被害をうけた町が出ています。今日も冷たい雨です。

先刻、安保諸法案を審議していた参議院の特別委員会でもみあいながら、与党案は「成立」したことにされました。

福島の原発事故はおさまらず、沖縄県辺野古の基地問題は沖縄と日米政府の意見対立のままです。さらに九州の川内《せんだい》原発が再稼働されました。

問題山積であるのに、すべて政府の意図通りの方向に向っています。この国はどうなっているのかと思います。

あなたの体調はどうなのですか。

先号で司馬遼太郎さんの私信を引用したことに、あなたはこだわっておられる。「やさしかった、かぎりなく。同時に司馬さんは難解でした」というあなたの感想に同感します。そして、「日本語で書くこと」をわたしなりに改めて考えています。

この九月に八十五歳になりました。自分がいちばん信じていないと思います。こんなに長く生きるはずではなかった⁉ 八十五年を振りかえって、まずはピーターさんにお礼を言わなければと思います。わたしは学校教育に恵まれた人生とは言いがたく、高校の最後の一年と大学の四年間は、働きながら学びました。

これは、わたしの人生のなかで誇ってもいい日々です。同時に学力、世間的知恵を欠いた人生になっています。本人がいちばんよくわかっています。

三度目の心臓手術が終ったあと、あなたたちにお夕食をご馳走になりました。帰りの別れ道が近づいたあたりで、

「これから、なにをしたいですか」

と夫君のピーター・ドウス教授に問われ、わたしは即答したものです。

「アメリカの大学で学べるでしょうか」

「大丈夫でしょう」というのがピーターさんの返事でした。三年後にという話をして、そこで別れました。

三年間かければ、英語を学びきれると思っていました。よく知られた語学校で教師と生徒一対一の授業を受け（これは入試のとき、教師がアメリカの大学院の受講ができると判定し、そのクラスでした！）、完全に落ちこぼれ、クラスをレベルのひくいものに変えてもらいましたが、これでは大学の講義は理解できないと自覚がありました。

アメリカの大学へ行くと主治医に申し出たとき、「二カ月が限度」と言われました。理由はわたしの「心臓」の問題と、アメリカの医療費がきわめて高額で、個人で負担する限度を超えるということでした。わたしはがんばって、新学期のスタンフォード大学で七十日間学んだのです。

ピーターさんは教授会にはかって、わたしに「ビジティング・スカラー」の資格を用意してありました。「学生証」を渡されたときの嬉しさを忘れません。「日本へ持って帰ってもいいのですか」と問うたときの、ちょっと笑ったピーターさんの表情も忘れません。子どもじみたことでしたね。

ドウス教授の講義と、バートン・バーンスタイン教授のゼミナールの聴講。ある日、日本の「経済発展」について、尋ねてきた日本人が「日本人の右（左？）脳はアメリカ人と違っている。だから経済は発展するばかりだ」と言ったとピーターさんは語られました。当時、わたしはどうにか授業の意味をとれるようになっていて、英語につまずいたひどいウツから這いあがりかけていました。

ホテルの部屋は寝具から調理道具その他、いっさいが備えられていて、大学から帰ると自分で調理して夕食を食べ、あとはテレビを見ていました。英語になじもうという努力です。日本のニュースがとりあげられることはゼロに近かったと思います。そしてある日、山一證券経営破綻のニュースが流れ、会社幹部が泣いて謝罪している場面を伝えました。

つぎの日、ドウス教授が「先週日本の経済状況について話したけれど」と話しはじめるとすぐ、教室中に「わっ」と笑い声がはじけました。恥かしかったです。

わたしの耳と感性はなんとか教室の空気になじんでゆきましたが、わたしは「書く」こと、つまり英語で表現することはまったくだめでした。日本語で書くことだけが、表現者としてのわたしの手段です。それもここまで生きてくると、感性がひからびてきて、表現者と言えるのかと思っています。ノンフィクションの書き手として同業のあなたを知り、わが仕事をふり返ってみると、わたし、事実に即して、事実だけを書くと言われて、現在に至ったわけです。しかし、わたしはノンフィクションのライターと言えるのかな、と思ってもいます。

事実はもちろん最重要のことで、調べられるかぎり調べるのはわたしのもの書きとしての基本ではあります。しかし、表現するとき、わたしの頭には「文学性」へのこだわりがあります。つまり、人の書いていない文体で書こうという意志です。そのためにいつも苦労していて、「わが老い」を感じるのもこの点にかかわっています。

司馬さんのいう「よく乾かされたレンガ」の逆かもしれません。でも修飾語を使うことは極力さけています。文体について、批評されたことはないし、あなたのように「助言」を誰かに求めたこともありません。

先日、九月の十一日、西新井へはじめて行きました。チラシに日比谷線直通とあったので小一時間ゆられて終点の北千住でおろされ、つぎにきた電車に乗りました。会場はチケットの地図ですぐ近くと思いましたが、知らない街はとっぷり暮れていて、客待ち中のタクシーで行ったのです。

「柳家小三治独演会」です。三カ月も前に申しこんで、それでも二階の席。わたしはすこし耳が遠くなってしまったのか、みんなが笑うと小三治さんの語りの語尾が消えます。演目は「転宅」と仲入後の「野ざらし」。西新井の観客はよく笑いました。小三治さんはボウリングのプロを目ざした話、オートバイ乗りに狂った話をまくらにして、ブレーキとアクセルを仕方ばなしで語ると、「バカじゃできない」とつぶやきます。満席の一同、爆笑になりました。

間をおいて「とうとう言ってしまった……」と言いました。「七十五歳になるってえと」もうみんな笑っています。この人は「うー」でも無言でもおかしいのです。たしか「人間国宝」と思いますが、生まの小三治を聞くのは努力がいります。都内ではチケットが手に入らなくて、山形まで聞きにいったこともあります。一晩泊まりでした。小三治さんの落語は、この人が客にこびない、きわめて自然に話に入ってゆき、客と対等ではなく、もっとおおきく、自信をもっている勁《つよ》さだと思います。

そばをすするうまそうな音、そして小さな舌打ち、その間《ま》。都心の大劇場や有名な小屋ではこうはゆかないのかもしれません。

歯切れがいいし、いい声をしています。わたしはＣＤの全集で小三治さんにいわば惚れたのです。着物の好みもいいし、行儀のいい人。こういう寄り道をときどきやって、わたしは息をついています。

楽しみながらも、頭にはいつも書かねばならない書きおろしのことがあります。タイトルをあれこれと考えてもいます。

わたしは書こうとしたこともありませんが、小説――フィクションは書けません。イメージした人物を自由に使って物語の進行を創ることはできない。これまで書いてきたものを読みかえしてみて、わたしはノンフィクション以外に書けない人間であったと思います。

むかし、あなたと議論をしたことがあった。トルーマン・カポーティの『冷血』(邦訳一九六七年)についてでしたが、覚えていますか。

わたしたちはイマジネーションで書くことを排除することをルールとして、仕事をしてきましたね。『日本の陰謀』(一九九一年)の、時代をへた裁判記録をついにみつけだしたあなたの執念とこだわり。わたしはとても及ばないと自覚しています。

資料は自分から「ここだ。おいで」と言っていると思うことが一度ならずありますが、あなたの取材努力に感動したのは、空母タイコンデロガの飛行甲板から水爆搭載のまま海へ落ちた、アメリカ空軍士官の話です(『トップ・ガンの死』一九九四年)。

その母に会うまでのあなたの忍耐強い時間をかけた待機。会って会話をかわし、打ちとけ、誰もふれなかった「事故」が徐々に姿を見せてくる文章に、わくわくするような刺激がありました。あなたの仕事のなかで、『イサム・ノグチ——宿命の越境者』(二〇〇〇年)についでわたしの好きな作品です。

ここにはもの書きとしての試練と教訓があります。効果をねらった文章を書かなくても、作品は十分に刺激と魅力をもつのだと思います。支えているのは書く人の熱意と、妥協しない潔癖さと言えるかもしれません。

いま、「ノンフィクション」と名乗る（あるいは名づけられる）作品は、氾濫状態です。なかにはすぐれた作品もあるとして、なぜこんなに「ノンフィクション」と名乗ることが有効なのか疑問です。「実話」というのにひとしいのかもしれない。

わたしはそろそろ書き手としての幕を引く時が近づいていると思っています。懸案の一作を書きあげられたら、しあわせな人生と自分に言ってやりたいと思います。

『昭和史のおんな』（一九八〇年）の仕事は、一九七九年から十六篇を書いています。読み返すと、どの章にもわたし自身が忘れてさえいる昭和のおんなたちがいます。この雑誌連載は編集部が助っ人を一人つけてくれ、この人がまことに優秀な人でした。「枝葉」のさきのさきまで調べて歩き、報告をしてもらっています。

「小林多喜二への愛」に書いた森熊ふじ子（地下生活中の小林多喜二の妻）は、二年がかりで会おうとし、結局会えませんでした。結婚相手の政治漫画家森熊猛氏に会って、「会いたい」と伝え、一度は承諾した氏から、「妻には言えない」と手紙をもらって、わたしはひきさがったのです。

郷里の小樽時代に多喜二が愛し、借金して辛い境涯から救った田口タキも、何度も手紙を書き、そのたびに美しい筆跡のことわり状をもらっています。

伝説の人になった小林多喜二（昭和八〔一九三三〕年二月、特高警察により殺害）の人間的な話を知りたいと思っていました。弟の小林三吾氏にも会い、タキの小学校の同級生とも手紙のやりとりがあって、しかし「ふれられたくない過去」では、という思いがわたしにあって、それ以上はたちいれずにいました。

一九八一年夏、中国東北部の取材から帰宅して、もう一度決心して森熊氏に電話をかけました。わたしの声に絶句した氏から聞いたのは夫人の急死でした。七十歳です。

「小林多喜二への愛」を書いたあと、森熊氏とごく親しくなって、小樽の図書館でひらかれた「前衛絵画展」は、一緒に行っています。そこで津田青楓《せいふう》の「犠牲者」も見ています。生鮭がつるされていると思った一枚の絵。それが死んだ男、小林多喜二の姿であると知って、私は棒立ちになったと思います。

森熊氏から「何も聞かないで受けとってほしい」とそえがきのある軸を二本もらっ

ています。蔵書の中から昭和初年に出版の津田青楓の本を何冊も贈られています。小樽で別れたとき、握手した手がひどく冷たいと思いました。それが氏と会う最後になりました。

昭和のおんなを支えた男たちはみんなひかえ目で、しかし「前科」をかくしもつおんなたちを受けいれ、自身はなにも書きのこさずに去っています。

佐藤をとみ・みさを姉妹は、宮城県の旧家の出身で、二人とも中国男性と結婚しています。政治家の郭沫若《かくまつじゃく》と、医師の陶晶孫《とうしょうそん》との結婚です。この二人とも文学者です。佐藤をとみは郭安娜《かくあんな》として知られていて、四男一女の子どもがいます。郭沫若は日中戦争がはじまった昭和十二（一九三七）年七月、亡命さきの市川市から中国へ帰り、のちに重慶政府の要職を占める人です。

八十五歳になった安娜と市川の旧居で十数分話をしたのが一九八〇年。「わたしは野良犬の一生」と言った彼女の言葉にひかれて、この年のうちに中国東北部の大連に会いに行きました。マスコミを拒みつづけていると聞いたので、表敬訪問の仮の約束をし、不自由しているという畳表六帖分を持ってです。

安娜はホテル（昔の大和ホテル）に訪ねて来てくれました。帰りぎわ、「自分の話を書いたら罰金二億円」と言われました。化繊の布地を土産に渡され、ほどいたらみごとな翡翠のイヤリングが出てきたのです。翌朝、のこったバッテリーなどをおき土産にし、その包みのなかへいれて返しました。どちらも一言もふれないイヤリングです。安娜が語った形は避けて書く。帰国直後に親子ほど歳の離れた于立群《うりつぐん》を愛し、七人の子をもった郭沫若の背信と、中国史の一頁になりそうな安娜の人生をどう表現するか、まどいました。香港で十一年ぶりに安娜と再会した郭沫若は于立群と子どもたちと一緒で、「こうなったのも日本の軍閥のせいだ」と言ったといいます。

あの戦争の時代、中国人との結婚は受け入れられなかった。夫は帰国後日本批判の文章を発表します。余波は安娜の身に及び、特高警察の検挙も拷問もあります。安娜は末っ子が生れたとき、はじめて佐藤をとみの戸籍にいれます。上の四人の子は中国籍のままで、徴兵年齢に達した二人は兵役の義務をまぬかれています。

おきざりの郭安娜は昭和二十二（一九四七）年三月に郭沫若との婚姻届を出して、日本国籍を失います。新中国の発足以降は招待所で暮らすなど「要人の妻」としての処遇です。中国人を「チャンコロ」と呼んでさげすんだ戦争下の日本で働きぬき、子どもたちに教育（長男の京都大学大学院、長女の東京女子大など）を受けさせています。

安娜は一人生きのこって、「誰もうらんでいない」と言いました。わたしは于立群の二人の娘にも北京で会っています。

陶晶孫は日本の敗戦後、台湾を経て日本へ来ますが、二年足らずで五十五歳で亡くなっています。姉妹とその夫、そして子どもたちの背景に、日本と中国の政治と歴史があります。国境をこえた「骨肉」の情を書こうとして、うまくいかなかったと思います。陶晶孫が末息子の易王《イワン》に示したという、木版画になったハイネの詩、「二人の擲弾兵《てきだんへい》」の三行（『新夕刊』一九五四年一月二十五日付）。

妻や子がなんだろう。
彼等が飢えたら乞食をさせればいいんだ！
僕等の祖国が侵されてしまった！

ここに託されている陶晶孫の思いに、わたしの文章は近づくことができませんでした。ノンフィクションの書き手としてのわが人生を思うと、ひどく貧しく思えます。

このゲラがとどいた九月二十三日、反核反戦の集会があり、韓国釜山からの出演者がありました。ステージを去るとき、その一人がわたしをみとめて「せんそうとにんげん」と言いました。五味川さんの『戦争と人間』の読者であり、註を書いたわたしをみとめてくれる人があったということです。わがノンフィクションは、註の延長上でいまも迷っているのかもしれません。

二〇一五年九月二十五日

久枝

第十二信　英訳休暇の旅――なぜイサム・ノグチだったのか

澤地様

この往復書簡の企画について話をしたとき、澤地さんは「あなたに問いたいこと」として、「取材」「移民―棄民」「女性の地位」「結婚」などの言葉を、紙に書いて手渡してくれました。とはいえ戦後七十年という大きな節目のうえに、現政府の一方的な安保法案強行採決がからみ、実際には「戦争」「戦後」を適度に素通りするわけにはいかなかった。

手渡されたままにのこった項目のなかから、「英訳者としてのピーターさん」、「なぜイサム・ノグチなのか」に、思いをめぐらせています。

はじめて刊行した本の題名『東京ローズ』（一九七七年）は、澤地さんもご存知のように、日本の対米プロパガンダ放送の女性アナウンサーに米兵がつけたニックネームです。名前はひとり歩きしました。実際にこの世には、「東京ローズ」という名前の人物は存在しません。占領下の日本へ進駐した従軍記者にアメリカのヒステリックな国民感情をおしつけられたのが、アイバ・郁子・戸栗・ダキノという日系二世でした。戦後の日米のはざまで、国家反逆罪という思いもかけない罪名をせおった女性の真実をみきわめようとして、私はノンフィクションへの第一歩をふみだしています。

日系市民を代表する全米日系市民協会は、戦中の二世部隊の輝かしい名誉に「泥をぬる」として、この冤罪を無視しつづけました。アイバは禁錮十年の刑を言い渡され、模範囚として六年二カ月の服役ののち釈放されたものの、アメリカ市民権の復権はさらに、二十一年におよぶ三度の「特赦」請求をへてのことです。それは『東京ローズ』が日本で刊行された一カ月あとでの出来事でした。

全米日系市民協会でアイバの特赦委員会長をつとめたクリフォード・ウエダは、サンフランシスコで長年しられた小児科医でした。退職と同時に日系市民権運動に専念し、第六信で紹介したとおり、私にとってはアイバとのインタビューを可能にしてくれた方です。

ウエダ医師は子供のころに日本語教育をうけ、日本語を読むことがかなり可能でした。多民族集団からなる合衆国の、くもの巣のようにからむ人種差別を拡大して見せる作品として、「英訳」の重要性をウエダ医師とは早くから話しあいました。私にとっては、日本語で書かれ、日本でまず出版するノンフィクション作品が、アメリカでいかに評価されるか。『東京ローズ』を書きながらつねにいすわった主題です。

肝心の「英語の訳者」として、ウエダ医師はピーターにその役をになってほしいと期待していました。明治から昭和にかけての日本近代史の学者で、翻訳にも定評があったかれは、しかし役職をかかえる年齢で多忙をきわめていました。最終的に動かされたのは、おのれの政府が重くのしかかった犯罪への、一アメリカ市民としての怒りだった。と、そのモティベーションをかれ自身が説明しています。

私たちはピーターの年間予定にあわせた「deadline」で、この翻訳仕事をのりきっています。教職をさいわいに、夏休みをはじめとする学期の区切りにカレンダーをあわせた「英訳休暇」の提案です。原作者の私が、表現や説明に関する質問にこまかく応じる助手役をひきうけました。

おたがいに他の仕事をかかえて、思った以上にきつい仕事でした。私にとっては母国語で終えたはずの仕事を、あらためて他国語で思考するというややこしさです。しかし、誰かに代わってもらおうとは思いませんでした。*"Tokyo Rose: Orphan of the Pacific"*は、ニューヨークの講談社インターナショナル出版から、二年後の一九七九年に出版されています。以後の英訳本ともども、タイトルはすべて自分でつけました。英訳であらためて内容を総括するためのこの最終的工程では、つねに身のしまる思いでした。

台湾に留学していたピーターの学生から、『東京玫瑰』という題名の本が送られてきたのは、日本で『東京ローズ』が出版されてまだ三カ月ほどのことです。許可した覚えのない翻訳本の原作者は陶斯昌代、翻訳者名は舒裕民。同国との出版協定がなかったとき、文句のつけようもない早業でした。

「女性が戦場を理解できるはずがない」と声をそろえた第四四二連隊本土戦友会の元兵士たちは、『ブリエアの解放者たち』として月刊「文藝春秋」で連載された当初から、「自分たちの話」の英訳をまってくれています。

"Unlikely Liberators: The Men of the 100th and the 442nd"（一九八七年）は、ハワイ大学出版から刊行され、初版から二十九年をへた現在も、少数とはいえ販売数を毎年かさねています。

ちなみに私のその後の英訳出版はすべて、アメリカの大学出版会からでています。アメリカ各地に散在する主要大学はそれぞれの地域と密接にかかわるフィールドをもち、アカデミックな観点だけにしばられない出版範囲を重要視しています。専門の学者の目で事実がチェックされ、書く者には自然と姿勢を正す真摯さが問われます。そして第四四二連隊の本だけでなく、その後に刊行された書もいまだ入手が可能、つまり「生きている」。

『日本の陰謀』（一九九一年）は、*"The Japanese Conspiracy: The Oahu Sugar Strike of 1920"*

しっかりと、ゆっくりと、日本語版からすると八年がかりで刊行されました。大学出版は日本の編集作業になれている身にはイラつく低速度の進行です。私はこの英訳版の序文を、「英訳を支持してくださったサントリー財団の支援に感謝を表します」とむすんでいます。フリーのライターに支援がすくない日本で、サントリー財団は「日本人による著作の外国語での海外出版助成」を行なっていた。申請の条件には、「質的に高い翻訳および信頼しうる出版社との交渉・取り決めなどが保証されていること」と明記されています。労働史分野の書籍でしられるカリフォルニア州立大学バークレー校出版局で専門家の推薦をえて、英訳は決定しました。ピーターは自分の著作をかかえ、監修の立場での参加でした。

サントリー助成金は、翻訳者と出版社がそれを折半し、著者への金銭的援助は意味しません。しかし主要新聞、書評専門誌にとりあげられ、精神的には採算のとれる助成金でした。

『日本の陰謀』の英訳が刊行されて半年ほどして、アメリカ南西地域労働運動研究会Southwest Labor Studies Associationから、「エレーン&カール・ヨネダ賞」の通知をうけました。カリフォルニア州立大学ロングビーチ校でのセミナーによばれ、一カ月後にはサンフランシスコ湾岸地区支部主催の受賞会がつづきました。

後者の会場はサンフランシスコを東対岸のオークランドへとつなぐ、巨大なつり橋のふもとにありました。一面にひろがる美しい夜景を目のまえに、味もしっかりしたレストランでした。

労働運動研究会の当日の世話役によると、そこは前科ある人々を支援する団体の経営でした。薬物中毒、売春から殺人にいたる犯罪をおかした人の更生を指導する職場で、コックからウェイターまでそれぞれの訓練を終え、社会復帰の一歩手前にいる人々がせわしく働いていました。

「エレーン&カール・ヨネダ賞」は、サンフランシスコ港湾労働組合のリーダーだった日系二世カール・ヨネダと、北カリフォルニア労働組合で活躍したその妻エレーンを記念して、「労働、思想および言論の自由にかかわる市民権、平和、人権問題」

への理解を深める書籍に毎年授与される賞です。

「エレーン」、と夫人のほうの名前がさきについたため、かつてお目にかかったことのある「米田」夫妻とは、すぐには気がついていません。夫妻との出会いは二世部隊を取材していたころにさかのぼります。カリフォルニア州内にのこる日系人強制収容所への一泊二日のツアーで、戦中の出来事をきたんなく語ってくれたご夫妻でした。

そのころヨネダさんは七十代後半。その年齢をかんじさせない、スポーツマンのような体軀と姿勢のよさで、話も一貫して愚痴のない人柄でした。

ヨネダさんは米田剛三として南カリフォルニアに生まれた日系二世です。両親は広島からカリフォルニアに渡って農業に従事、しかし息子を日本で教育させるため家族で故国へもどった、その直後に父が結核で死亡。米騒動が日本中をかけめぐった少年期に、ヨネダさんは新聞配達などで一家を支え、社会主義に傾倒。日本にいた盲目のロシア人無政府主義者エロシェンコの影響をうけた青年期ののち、二重国籍者としてアメリカへもどり、アメリカ共産党に参加。サンフランシスコ港湾労働者のストライキの指揮をとり、生涯をとおして底辺労働者の生活向上につくした活動家です。

肌がぬけるように白い美人のエレーンは、ロシア革命時の粛清で逃げのびた共産党幹部の娘で、ヨネダさんと出会ったときは女性ながら北サンフランシスコ労働組合書記長の地位についていました。赤狩りの拷問で重傷のヨネダさんをもらい下げにゆき、二人は出会い、「異人種間通婚禁止法」がきびしかった時代の内縁関係をへて、結婚へと愛を実らせています。

太平洋沿岸の西部軍事地域から日系人を立ち退かせる案が実行されたのは、日米開戦から二カ月たらず、この決定には、「一滴でも日本人の血が入った者」を日系人のカテゴリーとしています。敵性外国人を意味するその一歳の息子から引き離されないように、エレーンは自ら志願して収容所に入る生活を選んでいます。日本語が堪能だった夫は、米陸軍情報部に配属され、戦時中は東南アジアで、帝国主義の祖国との前線におくられています。

いまでは故人である同夫妻との出会いをなつかしみ、そのときの取材ノートをさがしだしたときです。思いがけなくヨネダさんの言葉のなかに、「イサム・ノグチ」の名前がありました。
イサム・ノグチがカール・ヨネダと出会ったのは、真珠湾攻撃の直後、ロサンゼルスでハリウッド・スターの一連のポートレイト頭像を制作している時期です。前出の日系人強制収容令が猛スピードで具体化されつつあったとき、イサム・ノグチははじめて、日系人として変身しようとしています。
「突如として私はもはやただの彫刻家でなくなった。……私は二世であった。一人の日系アメリカ人だった。私は何かしなければならないと思った。そのためにはまず、二世の「仲間」と知り合わねばならなかった」(イサム・ノグチ自伝『ある彫刻家の世界』〔一九六八年〕より)
ノグチは日系人強制収容政策を阻止する目的で、自分が中心となり、「二世作家および美術家民主主義動員同盟」を設立、日系労組のまとめ役だったヨネダさんに声をかけています。世界各地に作品をのこしたアーティストと、当局の拷問にたえた傷を体にのこす筋金入りの労働運動家。まるで異なる生きかたでした。しかし生涯をかけ、日米のはざまでのこした真摯な態度において、二人は相似しています。二人は逃げなかった。

イサム・ノグチを書きたいと、かつて告げたとき、澤地さんが驚いた口調ではなった、「なぜイサム・ノグチなのか」という疑問符。

私はこの「なぜ?」を、そのときは誰にもまだ説明できていません。「戦時中にかれがとった日系芸術家としての行動に関心をそそられた」、としか答えられなかった。のちに長年の取材の歳月をへて『イサム・ノグチ――宿命の越境者』(二〇〇〇年)を書きあげたときの「あとがき」で、なぜイサム・ノグチでなくてはならなかったか、私は、すこしはましな文章で次のように応えています。

「一九七〇年代半ばから、発掘した事実を積み重ねるノンフィクション手法で、日米にまたがる歴史的事件や出来事に焦点をあて、両国間の政治、社会的側面を書いてきた。だが、ある時期から、自分のなかでくすぶる問題意識を、ひとりの人物を徹底的に追う手法で書いてみたいという望みをひそかにつのらせた。そして、わたしは、イサム・ノグチという対象に出会った。二十世紀において激しく変動した日米史を身をもって生きた、この芸術家の生涯をたどる作業が、それまでのどの作品をもこえる規模となる予感は、はじめからあった」

「なぜイサム・ノグチなのか」

その出発点は、自分の人生の要となる二十世紀をとおして、ひとりの人物に極力焦点をしぼった「長い旅」への渇望でした。まれにみる才能をせおって、日米をわし摑みにするような激しさで生きたひとりの人間の生涯を、ノンフィクション手法でとことん追求してみたかった。

『イサム・ノグチ』という作品は一九七〇年代後半、アメリカ国立公文書館で第二次世界大戦中の日系アメリカ人の資料のなかに偶然、「イサム・ノグチ」関連ファイルをみつけた時点から開始しています。のちに『ブリエアの解放者たち』につながるヨーロッパ戦線へ志願した若い日系兵の取材をはじめた一方で、私はまるで意図せずに、だが日米にまたがる世界的芸術家の、いわば二至（solstice—夏至点と冬至点）を模索しはじめていた。

つねに異文化に魅せられた芸術家は、生涯にわたり越境者でした。従来の彫刻家の枠をこえ、美術界でぶつかるあらゆる境界線を突破しようとした人生でした。地球の万年の素材である自然石の美しさに魅了され、生前の二重生活でアトリエとしたニューヨークと四国の牟礼に分骨されています。

イサム・ノグチの自他ともにベストと評される遊び山《プレイ・マウンテン》の発想は、かれが三十歳のときの作品から生まれました。その後の人生で幾度となく機会をさぐり、かれの言う「地球そのものが彫刻」を具象化した遊び山は、モエレ沼公園として札幌で実現します。生命線の最後のぎりぎりで、その建設の段取りを確認して半年後、八十四歳で死去。「長距離ランナーでありながら、まるで百メートル走者の瞬発力で走り通した人生」と私は書いています。

かえりみると本格的に『イサム・ノグチ』の取材だけにしぼってからの歳月が五年余、そのあとでの執筆もほとんど同じ歳月。その終結の筆をおいたとき、私は「腰が立たなかった」。自分の生を終えたようにくたびれきっていた。そして、それ以後も私は「イサム・ノグチ」を書きつづけている心境です。

澤地さんがスタンフォード大学へ短期留学なさったのは、私が膨大な取材ノートを前にして、第一稿を書きはじめた時期にあたります。

「イサム・ノグチをまる裸にして書け!」

と投げられた言葉はいまも耳に熱くのこります。その後の長いトンネルのなかで、出口のない恐怖感にとらわれるたび、私を支える柱となったのです。

『イサム・ノグチ』の、英訳タイトルは*"The Life of Isamu Noguchi: Journey Without Borders"*です。日本語版がでてから四年後の二〇〇四年、美術書でしられるプリンストン大学出版から刊行されました。ピーターはその数年後に退職、英訳をかってでてくれました。

二〇一五年十月十六日　昌代

第十三信　旧植民地生れの縁——本田靖春さんの「仕事の仕方」

昌代様

書きたいことは胸もとをつきあげてくるみたいですが、会って話をしている、顔を見ながら意見をとりかわしているようにはゆかないから、その思いから書きます。

二〇一六年三月二十六日正午から、代々木公園で「原発ゼロ」全国集会があり、出かけました。会場が第一から第三と三カ所になっていて、車をおりたあと迷いました。けっこう寒い日で、舞台にあがって約二時間座っていてカゼをひいたみたいです。主催者の発表では三万五千人集まったそうですが、二十九日に「安保法」が施行されるギリギリの集会として、熱が足りないと思いました。

二年前、安倍政権が閣議決定して以来、集団的自衛権はひとり歩きをし、いまでは在任中に憲法をかえると首相が公言する事態です。

「ブーツ・オン・ザ・グラウンド」、カネだけでなくいのちもさしだせという「米国の要求」にこたえるわけです。場所も事態も特定されない他国の戦闘に、自衛隊は参加することになります。七十年間戦死ゼロを通してきたあと、論議もつくさず強行というのは納得できません。

わたしはたたかう自衛隊など、いらないと思っています。憲法を無視しようという意見が全面に出てきました。これまで口にできなかった主張が歓迎される世のなかをみこしたマスコミの姿勢を反映しています。

憲法を嘲笑する声が大勢を占めるかの状況ですが、日本はこの前の戦争の反省、謝罪のあらわれとしてこの憲法（とくに戦争の永久放棄、交戦権の否認）をきめたのであり、それは世界のゆくべき方向の先駆けだったと思います。今や防衛産業は利潤をきそいあい、経済指数停滞、つまりは不景気の世相にあって、「軍事」に活路をみいだす国になったのではないでしょうか。憲法は邪魔になったのです。

わかものたちは経済的に前途の見えない暮らしのなかで、自衛隊に活路をみいだすということになりかねない。「経済的徴兵」という表現を目にするようになりました。もちろんアメリカの政治も、常軌を逸したトランプ氏の言動が話題をさらっているように見えます。常識ではみとめられない発言の数々を、日本のメディアは伝えています。アメリカの現状も前途不安と感じます。

日本は、世界が目標とするべき理想をかかげて戦後を歩きはじめました。逆コースは戦後の数年間に早くも頭をもたげはじめたのでしょう。わたしが多少社会に関心を持ちはじめてすぐから、世のなかの動きに不安を感じたことを思いだします。

集団的自衛権の行使容認など、あってはならなかった。すでに特定秘密保護法もつくられ、ＰＫＯ法の内容もかわろうとしています。

わたしが生きてきた戦後のゆきつくところが安倍政治とは、納得がゆきません。北朝鮮の人工衛星打ちあげが、現在いわれる他国の脅威の具体例です。しかし米韓軍事演習の断片をテレビで見ても、相手を刺戟するすさまじいものです。北朝鮮の対応は日本として無視すればいいと思います。

強行採択をくりかえした結果の「安保法」施行であっても、わたしたちは対応しなければならない。二十六日の集会でわたしがつまずいたのは、「林立」というべき組織の旗と幟《のぼり》でした。

六十年安保のとき、組織され日当をもらってデモに参加した人があったこと、一部であってもそれを経営者に話した人を知っています。

組織の動員だけではたたかえないと思います。一人ひとり、小さな存在でも、現在の政治に不安をもち反対しようと思う人、旗もなにもないし、声で言うのもむずかしいけれど、反対であるという人の存在をふくめなくては、現在の反動攻勢は防げない。しかし、誰が責任者かわからず、人びとは三方面のデモへ流れてゆきました。

労働組合の弱さ、馴れ、不十分さを思います。組合費を払ってそれでよしとする人たち。わりあての人数をあつめて、一見大デモンストレーション、しかし熱がない。こんなバカな話はないです。

ヴォーカリストのグループがうたっていました。でもそれは集まった人たちを結びつけ、温かい気持ちでつなぐ音楽ではなかった。わたしは周囲に意見を言い、誰も反応しないのでステージにあがってゆき、「みんなの知っている歌をやってください」と言ったのですが、無視でした。「歌える歌がない」とも言われました。

We shall overcome や Amazing Grace にかわる歌はないのかも知れない。しかし沖縄から来た発言者の歌った歌は心にひびきました。「ふるさと」でも「赤とんぼ」でもいい、みんなで声をあわせたい。わたしたちに戦後を集約する歌がないことを思いながら、ひとつの歌声につながる必要があると思っていました。

一人の存在をもっと大切にしなければ、「多数議席」に拠っている安倍政治を負かす力はないと思ったことです。

脱線しました。今回は最後の便りなので、ノンフィクションについて書きます。

この一週間、本田靖春氏の著作を読んでいました。氏はノンフィクションの手法をラグビーになぞらえた人。「手を使ってはならない」。つまり想像や推測で書いてはならず、事実をとことん追究することを自身の著作で証明した人です。

二〇〇五年が来ると「私の文筆生活は満五十年になる」と書きながら、その前年十二月四日、七十一歳でなくなりました。
氏の仕事は、植民地だった朝鮮生れの出自にこだわり、戦後日本を、美空ひばりから誘拐犯、金嬉老まで、時代背景とともに書くことでした。氏の仕事を読み返して、わたしはわが仕事の貧しさを思います。

いさぎよい人で、十六年つとめた読売新聞社を退職。「諸君!」に仕事を得、執筆陣として定着したあと、仕事をおりています。彼の容易でない決心のきっかけは、「諸君!」に連載された鈴木明氏の『「南京大虐殺」のまぼろし』(一九七三年)でした。そこには、「大状況」であるはずの中国侵略という歴史的事実に一行もふれていないということです。

その後、編集長田中健五氏の「文藝春秋」本誌への異動のあと『現代家系論』(一九七三年)をまとめていますが、自ら退場します。田中さんの人柄と編集者としての力量を評価しながら、トップの作家並みの原稿料を支払われながら去ったというのです。「雑誌」とはよくいったもので、一つの姿勢で全編がつくられるなら、それは機関誌というべきものです。どんな場を与えられても、自分の立場をかえない。それでつぎの機会が失われてもいいとわたしも考えて生きてきました。

本田さんの姿勢を語るひとつの出来事があります。四十年程前、「諸君！」のテーマは「植民地育ちの日本人」でした。五木寛之、池田満寿夫、後藤明生、藤田敏八やわたしなどから本田さんが話を聞いて、文章にするプランです。

京城生れの本田さんがらみのプランでした。旧満州の張家口、朝鮮の京城その他植民地で生まれ育った昭和ヒトケタ生れです。五木さん、池田さんとははじめてこの席で会い、本田さんも初対面だったかもしれません。

会場は赤坂見附近くの中華料理店でした。雑誌が出たあと、本田さんからフランス製の石鹸セットが送られてきました。驚きました。「諸君！」からは出席の謝礼をもらっていたのです。仕事とはいえ、「仲間」に久しぶりに会ったような座談の席でした。しかし、こういう「挨拶」をするのが本田さんのやり方でした。

本田さんは読売新聞社会部記者をつとめ、選んで退職、フリーになったあと、いい仕事をしています。終生マイホームをもつことを自ら禁じ、前妻のすさまじい借金を返し、再婚してふたりの子を育てるという人生です。

その病歴のすさまじさを改めて知りました。

最後の「現代」連載『我、拗《す》ね者として生涯を閉ず』(二〇〇〇―〇四年、二〇〇五年単行本化)の最終章は書かれていません。糖尿病による人工透析開始が一九九三年九月、五年後肝臓ガンがみつかる。これは社会部記者時代、輸血用血液が買(売)血であることをあばいたキャンペーン記事執筆のため、山谷に住み込み売血した日々の後遺症でした(このC型肝炎は生涯つきまといます)。

二〇〇〇年六月、S状結腸ガンの手術。十二月糖尿病合併症のエソにより右膝上から切断。

二〇〇一年七月、左脚切断。三回目の執筆中断のあと、ベッドか車椅子の生活になっています。視力がおちて、テレビの画面もぼやける状態です。

賃貸のアパートは、三階だったそうで、透析で病院へゆくとき、「現代」の編集者が本田さんをおぶって上下したと言います。本田さんは身長の高い人でしたから、容易ではなかったと思います。

フリーのノンフィクションライターとしての、三十四年があります。翌年はないことを知らず、二〇〇五年の春を云々した文章（前掲『我、拗ね者として生涯を閉ず』）に、つぎの言葉があります。

「私がこの世界に入ったとき、日本には社会的に認知されたかたちでのノンフィクションというのはなかった。あったのは、実際に起きた事件を下敷きにして、取材らしい取材はせず、書き手が適当に想像力で話をふくらませ、一篇の読み物に仕立て上げたものを、ノンフィクションと呼んでいただけである」

「私には世俗的な成功より、内なる言論の自由を守り切ることの方が重要であった」

「ノンフィクション作家の立場からいうと……浅薄な既成概念でひと括りにできないのが、世の中であり人間というものなのである」

たった一行を書くために、場合によっては一カ月も何年も靴底をすり減らしながら取材に歩く。「一つの作品を仕上げるのに、一年、二年とかかるのである。それでも、なおわからないことが多い」。

あなたがこの文章に「快哉」とうなずき、共感をもたれることを思いました。まったくそうです。本田さんの人生は壮烈でした。その作品は日本の歴史を感じとるみごとなる生命をもっています。

二〇〇二年から全五巻の『本田靖春集』が出ています。五木寛之氏と筑紫哲也氏にならんで、わたしも推薦の言葉を書いています。筑紫さんが志半ばでガンに奪われるとは考えてもみない時期、本田さんの糖尿病が回復不能の領域に入っていることをわたしは知っていました。

本田さんのシリーズが当時「よく売れる」ということは考えにくかった。わたしたちは何部売れたと広告のリードにうたれるような仕事には縁遠いのですから。出版社の「おとこ気」を感じました。その秋、わたしは何人かの人から新米を送られました。そのひとつを、出版社の代表に食べてもらおうと思ったのです。社主に「ありがとう」と言うのは本田さんに失礼になるし、もの書き仲間での品物のやりとりはできないとわかってもいます。でも、出版社の「おとこ気」にほんの形ばかりの気持をあらわそうと思ったのです。

それからしばらくして、本田さんの礼状がとどきました。「涙をこぼして」御飯を食べたと書かれていました。出版社の配慮です。孤独であった本田さんの語られたことのない熱い思いと生き方を感じました。味方はいたのです。

『本田靖春集』刊行にあたっての文章に、「『由緒正しい貧乏人』を自称する」のは、「権力に阿《おもね》らず財力にへつらわない、という決意表明」とあります。

未刊におわる最後の連載の進行中、氏をささえた「現代」編集部に感謝をおぼえます。通夜、葬儀いっさいなしの没後、しのぶ会がひらかれ、わたしは早智夫人にはじめて会っています。私生活を書かなかった本田さんを看取り、先妻との子ふたりを育て、最後には右手指四本をエソにおそわれ、モルヒネで激痛をおさえた病人の看取りは容易ではないでしょう。

「わたしが書く本はあまり売れない」と自身書いていた本田さんには、贅沢など縁がない。その人の妻であることはどんなに大変であるか。しかし夫人は落ち着いた人でした。この席で講談社の田代忠之氏に会っています。本田さんの晩年、階段をおぶって病院へつれてゆくなど、「現代」編集者の献身にお礼を言いました。

「いや、一度だけでしょう」

と田代さんは話をかえました。このときが氏と会う最後です。講談社の専務取締役在任中ガン発病、田代さんは会社を去りました。彼が少年サッカーの指導者だったというのはいい話です。田代さんの生き方は、本田さんの執筆姿勢に通じると思います。

本田さんは心筋梗塞と脳梗塞の発作も抱えていたというのです。その仕事は戦後の日本をたどるとき、他作が及ばない丁寧でしかも読者を引きつける文章で、わたしは言葉もありません。本田さんはノンフィクション作家などではなく、「よき社会部記者」として死にたいと書いています。

かさなる三カ月ずつの連載中断をくりかえしながら、本田さんは一度も「参った」とは言わなかったのです。氏の作品は昨今また注目されています。かかわり支えた人たちのため、いまは言葉の伝わらない本田さんのため、若い人たちが戦後の七十年を知るために、もっと読まれてほしいと思います。絶版にして朽ちさせることは許せないと思っています。

いちばん最近のあなたの手紙は、ショックでした。その前にあなたの手紙が届き、読めない文字があった。

苦心して「二年前の水爆事件」と読んだものの、わたしは二年前の水爆事件を知らない。見逃した「事故」があったのかと、資料をあらため、みつからなかった。わからないまま、「二年前の水爆事件ってなに?」と返信に書いたわけです。

あなたがショックを受けたことはよくわかります。つぎに届いた便りに、「〝水爆〟事件の件、澤地さんとの一番のつながりだったと思います。……澤地さんには他に仕事の面ではほとんど思い出がなくて、その通りなのです」とあった。わたしは驚き、どうしてこんなゆきちがいが生れるのかと思い、一九六五年、米空母タイコンデロガで起きた水爆搭載機の、沖縄海域での水没事件をさしているとわかりました。わたしは最近の水爆事件と思って、「水爆事件ってなに?」と返信を書いた。その手紙へのあなたの便りでした。

四十年近くなった深いつきあいのなかで、こんな意思のゆきちがいが生れるのですね。仕事の上で、私たちがもっとも近づいた一番のつながり、それがあの「水爆事件」であることは言うまでもないけれど、私の頭は手紙の読めない文字にとらわれて、問うことに遠慮もしなかったという次第です。

編集長をまかせられた「現代」別冊『女たちへ』(一九九一年四月二十九日刊行)で、あなたにタイコンデロガ事件の執筆を電話で依頼しました。その年の一月十六日のことです。のちに本になったあなたの仕事が『トップ・ガンの死』(一九九四年)です。

「海をわたる手紙」を書くことになって、あなたの仕事の読み返しをしてきました。最新作の『イサム・ノグチ』(二〇〇〇年)上下二巻は、あなたの仕事のピークを示しています。よくここまで調べ、そして書いたと思います。

一九七七年に出版の『東京ローズ』であなたを知り、朝のテレビ番組であなたとはじめて会いました。それからほぼ四十年、『敗者の贈物』(一九七九年)、『ブリエアの解放者たち』(一九八三年)と戦後の日米関係を書いてきたあなたの仕事のなかで、『トップ・ガンの死』がとくにすぐれていると感じます。

この本は、文庫になるときタイトルをかえられていますが、原題の*"THE DEATH OF A TOP GUN: The Story Behind the Ticonderoga Nuclear Accident"*は現在ひろく読まれるべき事件の内容をよく示しています。この仕事に「思い出がない」とは、もちろんわたしは思ってもみなかった。

あなたが書いていない取材の「苦労話」も忘れていません。

一九六五年十二月五日のタイコンデロガの事故現場が沖縄沖であり、水爆がらみである事実をはじめてオープンにしたのは、一九八九年五月、グリーンピースです。事の多かったこの年、事件はほとんど問題にならず、消えてゆきました。

「タイコンデロガ」という艦名と水爆搭載機であることが、わたしをとらえ、いつかとりくみたいと考えてから、五年あまりでした。

「現代」の別冊編集長をひきうけて（わたしがかつて「婦人公論」の編集者であったことと、パラオ取材旅行中、編集部の矢吹俊吉氏との会話が引きがね）いくつかのプランをたてました。

そのひとつがタイコンデロガの水爆搭載機海底沈没の事故です。わたしも久しぶりの編集仕事にはりきっていたと思います。

それがどんなにおおごとの仕事か、考えなかったわけではありませんが、母国アメリカでのあつかいをふくめて、「できる形で」と思っていました。

雑誌に寄せられたあなたの原稿は他を圧していたと思います。二カ月という短い時間、あの広いアメリカ国土で国家機密と個人の壁にむかって、あなたが善戦敢闘したことは、さいしょの原稿と刊行された本とでまざまざと伝わってきます。

死者のフルネームをみつけだし、その遺族をたずねる。情報公開法とともにプライヴァシーアクトによって調査する者は遮断されます。その壁にいどむあなたとその成果が、溢れかえっているような原稿が送られてきました。

母親の住む家をみつけ、外出中の彼女の帰宅を待つ知らない町の夜。不気味な緊張に身をおくあなたが見えるみたいでした。この部分は本にするとき削られていますね。核兵器の軍事機密に肉薄するのは容易ではないことです。その困難をこえる方法として、死んだダグラス・モーリイ・ウエブスター海軍中尉の二十四年の人生を書ききっています。のこされたお母さんが、あなたに心をひらき、ダグラスの勤務中に書いていた日記を送ってきて、その手紙の最後を「グッド・ラック！」と結んでいるのは意味が深い。

グリーンピースの調査発表のあとも、日本など非核保有国との対外関係を考慮してか、「頬かむり」で通しているアメリカ海軍ととりくむあなたに、死者の母親以上の援軍はなかったと思う。海軍当局は、第二次大戦中から、搭乗員の日記執筆を禁止していて、日記を残した人はいない。ただ一人、ウエブスター中尉が日記をのこし、あなたの文章で「陽の目」を見たのです。

「結果として、ベトナム戦争に参加した海軍操縦士の貴重な記録が今日に残った」と書いているあなたの文章に重みがあります。

多くの戦場で、個人の記録はのこらない。ダグラスはただひとりの母にあてて心くばりをおしまず、トップガンとして生きている喜びと払いきれない不安を正直に書いています。日に三回出撃するときもあるベトナム戦争中の空母艦上です。

核兵器がらみの事故をアメリカ海軍はグリーンピースの調査まで二十四年間かくしおおせた。あなたの取材に対し、現在も国家機密事項で公けにできないと回答しつづける。ようやく手にした資料は多くの文章が黒く消されているという。水爆がらみの「事故」を認めないだけではなくて、ベトナム戦争の死者を一人抹消するにひとしいことがおこなわれたことに、あなたはゆきついた。軍隊のある国家の「完全犯罪」の成立です。

　こうしてあなたはアメリカの戦後七十年の「歴史」を描くことになっています。

　ワシントンのベトナム戦争記念碑にはウエブスター中尉の名前はないという。

　わたしはミッドウェー海戦アメリカ側戦死者の子が、ベトナムで戦死しているという、日本には一例もない戦死者の取材をしていたとき、ワシントンのこの記念碑へゆきました。

　リンカーン記念館と向き合うような黒御影石の記念碑にならぶ名前。死亡の日付とフルネームがあるほか、なにも手がかりがないと思いました。そこにウエブスター中尉の名前はなく、他方、生きている人たちの名がきざまれているとは。アメリカでやられていることの欠陥、疵を感じます。つまり、「国」の仕事は個人一人ひとりの生死などおかまいなし、日本もアメリカもおなじですね。

『トップ・ガンの死』で感じるのは、わたしたちのとりくんできた対象が、第二次世界大戦終結以前と以後にわかれていることです。

　わたしは五味川純平さんの助手としての昭和初年から二十三年の極東国際軍事裁判

までのテーマ（昭和十八年で中絶しましたが）から、いまも自由ではないことを思います。あなたがとりくんだ対象は、現在まさに生きて動いている軍隊、国家の機密です。日本は敗戦によってそれまでの記録・資料の意図的な焼却、廃棄があり、わたしの関心は奪われ秘匿されているものにひきよせられました。旧陸海軍の資料が、最近も改めて「永久秘」と指定されたことがあります。敗戦以前の日本には「機密公開」などあり得べくもなく、いまも知られることを拒む人たちがいます。

現在のアメリカにつながる「生きている極秘事項」に迫ったあなたの勇気と根気に打たれています。

あなたの作品数は限られるけれど、みごとな「山脈」をつくっています。このたよりで「老いること病むこと」も書こうと話し合いましたが、予想以上に早くわたしは老いましたね。

何年もかかえている書きおろしができません。亡くなった人たちですが、さいしょに会ったのは一九八〇年です。秘められ忘れられた人たちの物語を書こうとして、結局書けずに終わりそうです。あれこれ書き方をかえ、書いたものの気に入らなくて破棄している昨今です。

「事実」は主観的なものです。しかし、取材して矛盾をみつけたら、あるいは「書くな」と相手に言われたら、なにを選ぶか。いわばそれまで生きてきたわが身を鉄砧《かなとこ》にして、ひとつの「事実」を書く。主観がはたらくのは避けがたいけれど、問われればわたしたちは答えをもっています。これだけ「事実」にしばられ、それが書けないという年数をかさねてきて、わたしはギヴアップしかけています。

いまもまだ関係資料をあつめつづけ、文章にする努力をかさねながら、八十代半ばという人間の限界を思い知らされる。でも、断念する気はなくて、努力しています。政治のひどさに怒りはしても、わたしは絶望はしない。

「ノンフィクション」の氾濫する時代。いまや少数派の書き手として、わたしたちは困難な道に立っていると思います。

二〇一五年四月十日　　　久枝

第十四信　Myメモ・ノート――寡黙な相棒

澤地様

退職後のいまも日本政治史に身を入れる弟が、「終活」という題がついた本をエアメールで送ってくれました。日米をいまだ行き来し、直球しか投げられない姉を思いやっての心づかいでしょうか。

澤地さんとの「日米交信」を提案してきた編集者にとっては、その開始に向けての第一歩が日米を舞台とする、予期もしない「ファックス終活物語」だったと思います。澤地さんとの「交信」で最初のハードルは、ファックスという有能な送信手段が、アメリカではほぼ生産終了の製品であったという事実です。

わが家でもファックスは一九八〇年代から、ピーターと私の各自の書斎で一台ずつ空間をしめる仕事道具でした。日米の距離感をも無効にした文明の利器は、しかし私が暮らすシリコンヴァレーでは、登場したとき同様の猛スピードで、インターネットに座をうばわれていたのです。ゴミ屋にたのんで処分してもらうという退場でした。街の電気店をめぐっても、かつてなじみの古機種さえ見つからずじまいでした。

私たちのささやかな日米交信史は、編集者の忍耐によって、はからずも、そしてささやかにも、日米で発動をはじめています。澤地さんの手書きをすべて打ちなおす第一段階ののち、Ｅメールで私のＰＣへ投げかえすという手順をふんで、スタートラインへついた次第です。

半世紀ほどまえ、私が現在暮らす家を建てた持ち主は、冬季が長いボストン生まれの弁護士でした。年中温暖な気候をもとめてカリフォルニアに移住したそうです。彼は庭の片隅に一本の柿の木を植えました。わが家の庭を手入れする日系の庭師によると毎年色が増す橙色の果実をガレージの天井につり、やがて甘い成果を楽しんだとか。

ボストンに似た気候の北海道に育った私は、カリフォルニアに暮らして十年経つころ、毎日の終わりに記録ノートをつけはじめています。最初は連日の天気のよさを中心に、簡単すぎるほどの生活録でした。それでも以下の、ごく短い一行が書き残されています。

「ピーターは柿をもぐ。Mは午後四時半より柿をむく」(一九八四年十一月十七日㈯)

百年前にちかい大正九(一九二〇)年、ハワイ諸島で日本人移民砂糖きび畑労働者による大ストライキが勃発、白人支配のハワイ準州政府がこれを「日本政府の陰謀」ときめつけて首都の連邦政府に直訴します。日本人労働者団体連盟会の二十一名がからむ冤罪事件の結末を、日米にまたがる移民史として書き残したい。いつしか私はこれまで無視されてきた日系史を追っていました。

ノンフィクションを自分の貴重なフィールドとしてからの歳月、毎晩手にする黒皮大型表紙のサイズは二五センチ×二〇センチ。仕事の諸雑用を無駄なく処置するためのこの「相棒」は、簡潔なスペースにおさまり、一日の仕事の整頓に徹しています。「メモ・ノート」とよぶのに、時間はかかっていません。

役所の登記録で見たような割りつけで、掌に確実な重みを感じさせるノートです。それを十二の縦割りにし、仕事整理の予定表に使用してきました。一ページに印刷されているのは薄いブルーの横線三六行のみ。近くの文房具屋ではいまも、「縦欄式Columnar Book」とよばれています。

仕事のこの大事なヘルパーが二冊目に移行するのは一九九〇年のクリスマス二日前。大型ツリーを居間に飾った十二月二十三日。これが『日本の陰謀――ハワイ・オアフ島大ストライキの光と影』初校に一応の終止符をうった日です。クリスマスの翌日から、数年ぶりにニューヨークの義姉宅へ一家ででかけ、そしてせわしくカリフォルニアへ逆戻りしたのが年あけの二日目。以後の二週間、メモ・ノートにはめずらしく「空白」がつづきます。

その十五行つづきの白いスペースのすぐ後には、「湾岸戦争開始」という一行の記入。国連外交による平和解決が破綻し、アメリカ軍を主力とする多国籍軍が空爆。今日へとつづく、中東でのあらたな戦争の宣言でした。

講談社月刊「現代」矢吹俊吉副編集長から国際電話がはいったのは、アメリカ西部時間帯の一月十六日午前八時 on time、日本時間では十七日午前一時をさしていました。〈女たちへ〉と名付けた別冊を、澤地久枝さんを編集長として企画、と告げる矢吹さんの元気な声。メモ・ノートのほうは「仕事」欄に、それを以下にとどめています。「午後から『日本の陰謀』のあとがきを書く予定が、澤地案の call で一変。空母タイコンデロガ号艦上で発生の水爆搭載機水没事件を「現代」に五十枚で書くことに」日米間の核保有問題へと私を導いたのは、澤地久枝さんの迷いない「踏みこみ」でした。日本政府はアメリカに核兵器持ちこみを認めていた。同時に日本政府は核兵器を持ちこませないと日本国民には説明していた。澤地さんが、男女を問わない力量で日本のノンフィクション界にその名を知らしめたのは第二作『密約――外務省機密漏洩事件』(一九七四年)です。現在も文庫版として生きている同書の裏表紙には、日米政府交渉の裏に秘された核持ちこみ合意の密約が、以下の言葉に結晶化されています。

「沖縄返還交渉で、アメリカが支払うはずの四百万ドルを日本が肩代わりするとした裏取引――。時の内閣の命取りともなる「密約」の存在は国会でも大問題となるが、やがて、その証拠をつかんだ新聞記者と、それをもたらした外務省女性事務官との男女問題へと、巧妙に焦点がずらされていく。政府は何を隠蔽し、国民は何を追及しきれなかったのか。現在に続く沖縄問題の原点の記録」

『密約』は、私が第一作『東京ローズ』を刊行する三年まえの作品です。澤地さんは当時、テレビの朝番組でゲストをしておられました。私たちはそのスタジオで初対面しています。澤地さんの『密約』への思い入れはときとして言葉にされなくても、「執筆意図」はつねに迷いなく堅固です。

「タイコンデロガ」号事件の企画でも側面から漂ってくるのは、澤地さんの「ノドのつかえ」。

一九六五年一二月五日のことです。第二回ベトナム戦任務中の空母艦「タイコンデロガ」号は、短期休養で横須賀へ向かっていました。そのベトナム海域を離れて三日後に事件は発生しています。

同事件をふくむ三十二件の核兵器事故を、アメリカ国防総省（ペンタゴン）は核兵器の紛失を意味する「ブロークン・アロー」（折れた矢）という暗号で、事件発生から十六年をへて公表したのです。

そのなかで事故現場は「太平洋海上」と指摘されたのが、「タイコンデロガ」艦上でおきた水爆搭載機水没事件でした。

国際環境保護団体グリーンピースは再三にわたり、海洋汚染の面からこの事件を指摘していました。事故の二日後にも「タイコンデロガ」が横須賀に入港していた事実をつきとめています。

「十六年」という歳月をへて、日米間隠蔽の事実は、次の見出しで、アメリカよりも日本で大々的に報道されます。

「広島型原爆の五十倍の威力をもつ水爆が沖縄沖三百キロ地点にいまだ沈んだまま！」

東京から寄稿依頼の国際電話が入ったあの朝、メモ・ノート「予定表」のすべての事項をキャンセルし、自宅から十分ほどのスタンフォード大学図書館へ、私は自転車をこいでいます。その後の一週間ほど、ランチの時間もおしくて、マイクロフィルム室にいりびたりました。

以下は、メモ・ノートから「列記」した「我流ひろい抜き言葉」です。

「電話で取材申込みをかさねて一週間、同行する助手の姿のない一人旅。第一歩はサンフランシスコ空港から約二時間、米海軍の本拠地サンディアゴ軍港へ。個人情報プライヴァシー・アクトのためそれまでの仕事のときとは段違いに難しい。いく度も電話連絡をつづける。単純なこの手法をくりかえした末、A４スカイホーク機水没を目撃した下士官の所在が判明。事件時に十九歳だった下士官は除隊後からサンディアゴ市に移住、高校生をもつ父親に」

「首都ワシントンへは西海岸から七時間半余の直行便。戦争中、政府関連主要建物には迷彩服を着た海兵隊員が常時警備に。米国防総省、米海軍アネックスなどで文書探索。海軍省関連部門で『タイコンデロガ航海日誌』の行方を追う」

最終的には海軍でもっとも地味な場所といわれる米海軍歴史文書センターで、どこの部門でもみつからないと一蹴されていた「ウエブスター中尉戦死報告書」がでてきました。それは、以下の五行の手書きで残されていました。

「十三時五十八分、「クルーカット」訓練参加者が配置につく。第五十六攻撃飛行中隊配属D・M・ウエブスター中尉を乗せた飛行機が、格納庫甲板第二ベイから二号エレベーターへの移動中、二千七百尋（四千九百四十メートル）の海面へ転落水没」

補足すると、タイコンデロガ号にはこの時、米海軍第五航空団の八つの戦闘飛行中隊が乗っていました。そのなかで第五十六中隊は百八十五名から形成され、二十四名いた将校の十九名が飛行士でした。

取材に応じてくれた関係者の数はかぎられていました。しかし取材の本流となる人々との重要な出会いをつかむことができました。

「首都で、紹介状もなく立ちよったグリーンピース本部で、空母ミッドウエー艦長だった米海軍退役少将ユージン・キャロルに紹介される。「タイコンデロガ」で事故機が所属した第五十六中隊長は、キャロル少将のかつての配下」

キャロル少将は、核保有に反対をいだく海軍高官でした。横須賀に出入りした艦長時代、核兵器を搭載しての寄港であることを否定していません。

「キャロル海軍少将によると、クルーカット訓練とは、いざ核攻撃命令をうけたとき艦載機に核兵器を搭載、エレベーターで飛行甲板にあげて発射位置につけるまでの核兵器搭載訓練の暗号。なかでも核兵器を攻撃機に装着する手順に重点をおいた訓練」

「事故十六年後をへても、国際問題がからむ事故のため、事故死した中尉の名前はベトナム戦死者記念碑ではオミットされていた。抹殺されたこの事実をアーリングトン墓地でも確認した。その後でアメリカ中部オハイオ州へと移動、亡き中尉の実家を探す取材段階へ」

澤地さん、覚えておられますか。その数年後に、あなたがサンフランシスコに立ちよったとき一緒に見た夕暮れの月の色を。柿のように濃いオレンジ色だったのを。

私がオハイオに亡き中尉の母親を訪ねたとき見た月は、その地方出の白髪の運転手さんも見たことがないとおどろくほど大きく、なによりも火を噴くように赤かった。その強烈な印象が、メモ・ノートの短いスペースに、以下の言葉の切れ端となっています。

「未知のアメリカ、広大な農業にまもられた小さな町。空港に迎えを頼んだミニバンの乗客は私ひとり。ハイウェイは一時間ほどの間に大きく何度かカーブする。そのたびに顔をだす月の表情。左右にすこしつぶしたバルーンの形態。やさしく案内をになう、月の不思議な柔軟さ」

「中尉の若い妻は未亡人となってのち再婚、他州へ。母親は地元でビジネス・ウーマンとして健在、ひとり息子の死にいまも自問を」

澤地さんと矢吹副編集長の原稿依頼から三週間目、私は自宅の書斎でメモ・ノートを脇目に、ワープロに向かっていました。約束の五十枚の推敲にとりかかり、ファックスでそれを日本へ送ったのが二月二十八日です。

編集部が早速つけてきたタイトルは「水爆とともに沈んだ男」。私が原稿承諾の電話からつけていたオリジナルの題名は「ウエブスター中尉への旅」でした。「生きていた人間」の存在感を感じさせる相手との対話をもとめて。

いまメモ・ノートをめくると、「予定」欄には水爆搭載機水没事件の取材で日米間だけでなく、ヨーロッパ圏までも足をのばしています。

フランスの春！

中世の城下町としてしられるトウール市で、ピーターは二年前からの約束で日米近代史の教鞭をとっていました。私には『日本の陰謀』の推敲がのこっていました。メモ・ノートに、書ききれない量の取材予定が組まれていきます。

その予定をくずさず、私たちは三月末には、トウール市での一時滞在へと春を移行しています。この段階でもらった澤地さんからのファックスには次の一言が記されています。

「本にするつもりで書くこと、がんばってね」

まだフランス滞在中だったこの期間に、故中尉の仲間である第五十六中隊の飛行士パイロットたちと交わした核搭載関連への意見。または異なる意見の交換。それらを取材の静かな梃子《てこ》として、やがてあらたにアメリカ各地をまわりだしています。

つづく秋冬は、ピーターの仕事にあわせて、二学期つづけて京都でした。フランスでも京都でも、どこの土地でもピーターの記憶にのこるのは、「台所のテーブルでワープロをうちつづける私の背中」。

『日本の陰謀』がダブル受賞するのはまだ京都在住であった一九九二年三月。大宅賞につづいての新潮学芸賞のしらせ。思いがけなく、近くの京大病院で網膜剥離の手術をすることに。

澤地さんからの国際電話を、アメリカのわが家でうけてからほぼ四年、黒皮表紙のメモ・ノートはつねに私のそばにいたのですね。目を通すごとに、新しいアプローチを提示する仕事相手でした。

「事故隠蔽のため、機密としてその死を封印された二十四歳の「一操縦士」には「顔」があった、親も妻もある、まぎれもなくこの世に生きた人間であった。その彼が生きた証しとして、私はこの本を書いた」（本文より）

一九六五年末に琉球海溝の深海に水没した「広島型原爆の五十倍の威力をもつ水爆」（五十倍〜七十倍ともいわれる）事件。事故発生からいまで半世紀をへた出来事を、メモ・ノートをたよりになんとかこの海をわたる日米交信に書き終えた翌朝でした。いつものように朝食をとりながら、「ニューヨーク・タイムズ」紙（二〇一六年六月二十日付）を手にしたときです。「Echo of '66 Nuclear Crash」という第一面の記事に、私は無意識のうちに声を発していました。

タイコンデロガ事故発生から二カ月後の一九六六年一月、スペインのパロマレス上空でアメリカ空軍B52爆撃機と空中給油機が衝突、搭載していた四発の水爆が落下するという大事故の発生でした。猛毒のプルトニウムが空からまき散らされ、一個は地中海の底へ沈みました(後に回収)。

いまも不治の放射能の病をせおう地元民だけが犠牲者ではありません。アメリカ軍関係者もまた、広大な野菜畑の土壌クリーンアップにかりだされていました。外交面から長いこと、放射能の威力をおおいかくす役目をになわされてきたといえます。自国民の生きる権利をも二の次とする事故の側面を、「ニューヨーク・タイムズ」の記事は明確に把握しています。


『トップ・ガンの死——核搭載機水没事件』は、一九九四年刊行。

料金受取人払い印がおされた愛読者カードが三十五通、私のところへもどっています。編集部が第一回分としてアメリカの自宅住所にまわしてくれたのです。届いたのはこれだけだったか、正確にはわかりません。手元にいまあるのは三十五通という意味です。

それらのカードの全員が男性名です。年齢の欄を見ると、大半は五、六〇代です。戦後育ちの見知らぬ同期のクラスメートに出会ったような思いです。

「強靭な取材力を高く評価します。女性の時代であることを、男性として心強く思います。ガンバレヨ、女性。」(六四歳、自由業)

これは私が力づけられた一通。ノンフィクションへの親切な励ましとともに、核保有の是非に関する意見も読みとれます。

日米を半世紀以上にわたり行き来しながら、どちらの国でも、私はそれを願わずにはいられません。すべての国に深くからむ軍事問題にこそ、女性にも関心をもってもらいたい。

ガンバレヨ、ガンバレヨ、女性!

二〇一六年六月二十二日　ドウス昌代

あとがき

妥協のないノンフィクションの書き手として、約四十年を過してきた二人の、はじめての往復書簡十四通。

雑誌「世界」に一年間連載したあと、もう一度手紙をかわして本になる運びとなった。「わが身」にかかわることはほとんど書かない仕事のあとである。

読者を驚かせるような（わたしも驚いた）話が登場することになった。

まず、サブ・タイトル「ノンフィクションの「身の内」」という表現について書いておく。

むかし、としか言いようがない。作家の向田邦子さんが生きて活躍していた時代のこと。共通の友人に、日系ペルー人がいた。一九七一年から二年にかけて、わたしたちは彼を訪ねてペルーのリマへ行っている。

時をへて彼は「身の内相談があるのだけれど」と言って、東京とリマに別れて暮す家族の悩みを口にした。

わたしはこのとき、日本語について示唆を受けたと思う。「身の上相談」は明治以来はやっているが、それを「身の内相談」とは誰も言わない。

しかし事柄はたしかに「身の内」ではないか。「身の内」とは示唆に富んだ生きている言葉だ。

ドウス夫妻とは何度も会い、たがいの私宅を訪ね（わたしはドウス家に泊ったこともある）、国際電話で話もし、率直に話しあえる友人だった。しかし、二人ともかかえている仕事の話が中心で、京都に住み、学生時代から奈良・京都になじんでいる彼女に、詩仙堂へ案内され、正倉院展へそろって行きもしたが、個人的なことはほとんど話しあっていない。「身の内」の話などいつも素通りした。

「日米交信史」と彼女が書き、海をわたったこのたよりによって、初めて知ることの多さにおどろく。

彼女には剛直なノンフィクション作家という呼び方が似合う。わたしは自らかえりみて、ドウス昌代さんの仕事の成果に恥じるところがある。

八歳年長というのは厄介なこと。「昌代様」と書いているわたしに、彼女は首尾一貫して「澤地様」だった。そしてわたしは、ずいぶんお節介な先輩の素顔をさらしている。

わたしたちはノンフィクションのあり方について、かたい姿勢をつらぬいている。だがかつて雑誌記者であり、もの書きとしての出発もおそかったわたしは、軟派の硬派めいている。だからこの往復書簡を読み返して、心中忸怩たるものがある。

彼女の一貫しているテーマ、日系アメリカ人の歴史は、忍耐と努力の結晶として書かれた。語られなかったその内輪話もごく抑制されて顔を見せる。ドウス昌代史学とよぶべき世界を多くの人に読んでもらいたい。

どれだけよく歩いているか。『イサム・ノグチ』を書くとき、彼の作品のあるところへ欠かさず旅をした。目で見ている。それを誇りもしない。作品のある場所へ行くのは、欠かせない探究と思っているように。

夫のピーター・ドウス教授の愛情と理解あってのことだが、お二人を思うと、吉村昭・津村節子夫妻がはじめて会った日以来の書簡集『果てなき便り』（岩波書店）の読後感とかさなることを書いておきたい。

この仕事は「世界」編集部とくに担当の堀由貴子さんのたゆまぬ情熱の申し子である。心からお礼を申し上げる。

二〇一六年十月末日

澤地久枝

初出：第一～十二信は「世界」二〇一五年一～十二月号。
第十三～十四信は書き下ろし。

『自決　こころの法廷』 2001年　日本放送出版協会（のちにNHKライブラリー）
『わが人生の案内人』 2002年　文春新書
『愛しい旅がたみ』 2002年　日本放送出版協会
『道づれは好奇心』 2002年　講談社（のちに講談社文庫）
『完本　昭和史のおんな』 2003年　文藝春秋
『地図のない旅』 2005年　主婦の友社
『好太郎と節子――宿縁のふたり』 2005年　日本放送出版協会
『発信する声』 2007年　かもがわ出版
『家計簿の中の昭和』 2007年　文藝春秋（のちに文春文庫）
『14歳〈フォーティーン〉――満州開拓村からの帰還』 2015年　集英社新書

ドウス昌代

『東京ローズ』 1977年　サイマル出版会（のちに文春文庫）
『敗者の贈物――国策慰安婦をめぐる占領下秘史』 1979年　講談社（のちに『マッカーサーの二つの帽子――特殊慰安施設RAAをめぐる占領史の側面』として講談社文庫）
『私が帰る二つの国』 1980年　文藝春秋（のちに文春文庫）
『かりふぉるにあ通信』 1982年　文藝春秋
『ブリエアの解放者たち』 1983年　文藝春秋（のちに文春文庫）
『ハワイに翔けた女――火の島に生きた請負師・岩崎田鶴子』 1985年　文藝春秋（のちに文春文庫）
『女たち、18人の熱い夢』 1987年　新潮社
『日本の陰謀――ハワイ・オアフ島大ストライキの光と影』 1991年　文藝春秋（のちに文春文庫）
『トップ・ガンの死――核搭載機水没事件』 1994年　講談社（のちに『水爆搭載機水没事件――トップ・ガンの死』として講談社文庫）
『イサム・ノグチ――宿命の越境者』上・下　2000年　講談社（のちに講談社文庫）

『私の青春日めくり』 1986年　講談社(のちに講談社文庫)
『ひたむきに生きる』 1986年　講談社現代新書
『記録　ミッドウェー海戦』 1986年　文藝春秋
『雪はよごれていた――昭和史の謎二・二六事件最後の秘録』 1988年　日本放送出版協会
『わたしのシベリア物語』 1988年　新潮社(のちに新潮文庫)
『遊色――過ぎにし愛の終章』 1989年　文藝春秋(のちに文春文庫)
『一九四五年の少女――私の「昭和」』 1989年　文藝春秋(のちに文春文庫)
『ベラウの生と死』 1990年　講談社(のちに講談社文庫)
『家族の横顔』 1991年　講談社(のちに講談社文庫)
『苦い蜜――わたしの人生地図』 1991年　文藝春秋(のちに文春文庫)
『試された女たち』 1992年　講談社(のちに講談社文庫)
『「わたし」としての私』 1991年　大和書房
『家族の樹――ミッドウェー海戦終章』 1992年　文藝春秋(のちに文春文庫)
『画家の妻たち』 1993年　文藝春秋
『男ありて――志村喬の世界』 1994年　文藝春秋
『時のほとりで』 1994年　講談社(のちに講談社文庫)
『一人になった繭』 1995年　文藝春秋(のちに文春文庫)
『一千日の嵐』 1995年　講談社
『わたしが生きた「昭和」』 1995年　岩波書店(のちに岩波現代文庫)
『心の海へ』 1996年　講談社
『昭和・遠い日近いひと』 1997年　文藝春秋(のちに文春文庫)
『ボルガ　いのちの旅』 1997年　日本放送出版協会(のちにNHKライブラリー)
『六十六の暦』 1998年　講談社(のちに講談社文庫)
『私のかかげる小さな旗』 2000年　講談社(のちに講談社文庫)
『琉球布紀行』 2000年　新潮社(のちに新潮文庫)

著作一覧

（編著，共著等をのぞく）

澤地久枝

『妻たちの二・二六事件』 1972年　中央公論社（のちに中公文庫）

『密約——外務省機密漏洩事件』 1974年　中央公論社（のちに岩波現代文庫）

『暗い暦——二・二六事件以後と武藤章』 1975年　エルム（のちに文春文庫）

『烙印の女たち』 1977年　講談社（のちに『烙印のおんな』として文春文庫）

『あなたに似たひと——11人の女の履歴書』 1977年　文藝春秋（のちに文春文庫）

『火はわが胸中にあり』 1978年　角川書店（のちに『火はわが胸中にあり——忘れられた近衛兵士の叛乱　竹橋事件』として岩波現代文庫）

『愛が裁かれるとき』 1979年　文藝春秋（のちに文春文庫）

『昭和史のおんな』 1980年　文藝春秋（のちに文春文庫）

『ぬくもりのある旅』 1980年　文藝春秋（のちに文春文庫）

『石川節子——愛の永遠を信じたく候』 1981年　講談社（のちに『愛の永遠を信じたく候——啄木の妻節子』として七つ森書館より刊行）

『おとなになる旅』 1981年　ポプラ社（のちにポプラ・ノンフィクションBOOKS）

『忘れられたものの暦』 1982年　新潮社（のちに新潮文庫）

『もうひとつの満洲』 1982年　文藝春秋（のちに文春文庫）

『続　昭和史のおんな』 1983年　文藝春秋（のちに文春文庫）

『別れの余韻』 1983年　文藝春秋（のちに文春文庫）

『滄海《うみ》よ眠れ——ミッドウェー海戦の生と死』一－六　1984–85年　毎日新聞社（のちに文春文庫）

『手のなかの暦』 1984年　大和書房（のちに文春文庫）

『心だより』 1985年　講談社（のちに講談社文庫）

澤地久枝
ノンフィクション作家．1930年東京生まれ．4歳のとき一家で満州へ移住，14歳のとき吉林市で敗戦をむかえる．引揚げ後，出版社勤務ののち五味川純平氏の『戦争と人間』資料助手をへて独立．著書に『妻たちの二・二六事件』，『火はわが胸中にあり』(日本ノンフィクション賞受賞)，『滄海よ眠れ』，『記録　ミッドウェー海戦』(菊池寛賞受賞)，『密約』，『琉球布紀行』ほか多数．

ドウス昌代
ノンフィクション作家．1938年北海道生まれ．早稲田大学文学部卒業後，渡米．著書に『東京ローズ』(講談社出版文化賞ノンフィクション部門受賞)，『マッカーサーの二つの帽子』，『ブリエアの解放者たち』(文藝春秋読者賞受賞)，『日本の陰謀』(大宅壮一ノンフィクション賞・新潮学芸賞受賞)，『トップ・ガンの死』，『イサム・ノグチ』(講談社ノンフィクション賞受賞)ほか．

海をわたる手紙　ノンフィクションの「身の内」

2017年2月15日　第1刷発行

著　者　澤地久枝《さわちひさえ》　ドウス昌代《まさよ》

発行者　岡本　厚

発行所　株式会社 岩波書店
〒101-8002 東京都千代田区一ツ橋2-5-5
電話案内 03-5210-4000
http://www.iwanami.co.jp/

印刷・理想社　カバー・半七印刷　製本・三水舎

ISBN 978-4-00-022234-1　Printed in Japan